躲藏起来的孩子

周志文　著

人民东方出版传媒

东方出版社

版权登记号：01-2018-3083

中文简字版专有权属东方出版社所有

图书在版编目（CIP）数据

躲藏起来的孩子 / 周志文著 . –– 北京：东方出版社 , 2018

ISBN 978-7-5207-0069-6

Ⅰ . ①躲… Ⅱ . ①周… Ⅲ . ①散文集 – 中国 – 当代 Ⅳ . ① I267

中国版本图书馆 CIP 数据核字 (2017) 第 325056 号

躲藏起来的孩子

（ DUOCANG QILAI DE HAIZI ）

作　　者：周志文

责任编辑：韩封三祝

出　　版：东方出版社

发　　行：人民东方出版传媒有限公司

地　　址：北京市东城区东四十条 113 号

邮　　编：100007

印　　刷：北京汇林印务有限公司

版　　次：2018 年 4 月第 1 版

印　　次：2018 年 4 月第 1 次印刷

开　　本：880 毫米 × 1230 毫米　1/32

印　　张：8.375

字　　数：200 千字

书　　号：ISBN 978-7-5207-0069-6

定　　价：39.80 元

发行电话：（010）85924663　85924644　85924641

子绝四：毋意，毋必，毋固，毋我。

《论语·子罕》

方自知学，即泛观虫鱼，爱其群队恋如，以及禽鸟之上下，牛羊之出入，形影相依，悲鸣相应，浑融无少间隔，辄恻然思曰："何独于人而异之？"后偶因远行，路途客旅，相见即忻忻，谈笑终日，疲倦俱忘，竟亦不知其姓名。别去，又辄恻然思曰："何独于亲戚骨肉而异之？"噫！是动于利害，私于有我焉耳。从此痛自刻责，善则归人，过则归己，益则归人，损则归己，久渐纯熟，不惟有我之私，不做间隔，而家国天下，翕然孚通，甚至发肤不欲自爱，而念念以利济为急焉。三十年来，觉恕之一字，得力独多也。

罗汝芳《近溪子集》

序

明暗之间的生命记忆

——读周志文教授随笔集《躲藏起来的孩子》

唐小兵

  台湾大学中文系周志文教授的教育随笔集《躲藏起来的孩子》即将在大陆出版简体字版本，他从海峡对岸来信嘱咐我为这本随笔集写一篇序言。这个来自学界前辈的嘱托让我诚惶诚恐，在我的"常识"观念里，书的序言一般都是长者为后学撰写来寄托殷殷期待，哪有反其道而行之的道理？再三推脱不过，被周先生的赤忱与坚韧所触动，只能硬着头皮答应下来。

  余生也晚，且孤陋寡闻，认识周先生还只是数年前的事情。那一年，周先生在北京三联书店出版一本带有回忆录性质的讲述其大学时代求学经历的《记忆之塔》。友人张彦武兄（《中国青年报》资深编辑、文化访谈记者）长期关注周先生在台湾的公共写作，且不遗余力推动或引介其著作在大陆出版（《同学少年》《家族合照》等）。彦武兄有一个很质朴而韧性的执念：那些具有丰厚而开阔的人文视野而又为人低调不太为读者所知的学者更需要媒体人、出版人的推介。（这些年他对王明珂教授、张新颖教授其人其学的推介也足为明证）。而我自己十余年来一直对搜集、阅读和评介华人世界的回忆录、口述史有强烈而内在的兴趣。因此，我就找来当时周先生刚出版的《记忆之塔》细细品读，获益良多，尤其是对周先生嫉恶如仇秉笔直书的公共写作态度大为赞赏，其对母校东吴大学等存在的问题与困境洞若观火，对人性在象牙塔之中的倾轧与污浊也体察入微，可以说相对于一般性对母校温情脉脉的记忆，周先生的这本回忆录弥漫着一种冷峻自持而深刻反思的基调。正是受此触动，我给《南都周刊》撰写了一篇书评《让记忆之光穿透象牙塔》，我在书评末尾写道："这种不为尊者、亲者讳的写作态度，其实恰恰说明作者成为了台湾文化史上'内在的他者'，是一种爱之深责之切的值得赞许的回忆录形式。而那些涂脂抹粉的回忆，往往在矮化和窄化这些重要议题本来可以拓展的意义空间。"

这篇小书评经彦武兄之手，又转到周先生处，自此素未谋面的我们就开始了通信往来，周先生在来信中对于台湾文化史上的"内在的他者"这一文化身份还是很有自我认同的。直到2015年5月下旬，我应邀赴台北"中研院"参加美国俄勒冈州立大学与"台史所"联合举办的"历史的躁动：回忆、叙述与20世纪中期的中国"国际学术会议，才得以与居住在南港的周先生初次谋面。周先生人如其文，不是那种一看温润如玉交浅言深的学者，而是清雅自持惜字如金的学者，甚至有一点点峻急冷静，不过，这丝毫不影响神交已久的我们在"中研院"的历史博物馆的边走边谈深入交流。他对此岸知识界的观察、反思与期许都让我感觉到一份文化的责任。回沪后，我们还偶尔通信联系，在我这里是一直将周先生当作忘年之交的老朋友的。

年初，周先生多年前的一篇刊发于台湾报章的旧文《躲藏起来的孩子》（这篇文章就成为这本讲述和探索教育理念的随笔集的书名之来源）在大陆微信朋友圈广为流传，我也因此而得以读到。周先生在这篇文章里讲述其第一个女儿球球缓慢生长的成长故事，充满了来自学校、社会和教师的比较晦暗的生命记忆，以及作为父母是如何细心等待其长成的心路历程，对照大陆愈演愈烈的精英教育和应试教育（其实质就是一种只承认强者、胜利者而漠视失败者的急功近利的教育模式和价值观念，培养出来的个体人都是精致的利己主义者，这种人格往往只会将同学、同事和同辈当作竞争者必欲取而代之而后快，而没有将同龄人当作陪伴者和分享者的人类意识），自然让读者深有共鸣。

周先生这篇文章中的两段话广为流传：

我常常想，教育的目的是什么呢？教育应给受教育者知识，这些知识应该是教导孩子发现自我、肯定自我，教育应该想办法造就一个人，而不是摧毁一个人，至少使他自得、使他快乐，而不是使他迷失、使他悲伤。我们的教育是不是朝这方面进行呢？答案是正反都有。我们的教育，让"正常的"、成绩好的学生得到鼓舞，使他们自信饱满，却使一些被视为"不正常的"、成绩差的学生受到屈辱，让他们的自信荡然。凭良心讲，那些被轻视的"不正常的"、成绩差的孩子比一般孩子是更需要教导，更需要关心的。然而我们的教育，却往往把这群更需要教育的孩子狠心地抛弃、不加任何眷顾。

没有一个孩子是可以被放弃的，这一点家长和孩子都要记得，在教育的历程中，没有一个受教育的人是该被放弃的。父母放弃子女是错的，教师放弃学生是错的，而孩子本人，更没有理由放弃自己。

孔子尊崇有教无类，西方人强调受教育的平等权利，可这些普遍主义的价值观念在中国的世俗社会中往往证明了"善的脆弱性"，这个时代的精英并没有将教育者应该成为点亮每个孩子内心之光的燃灯者的理念，切实地在日常教育的场景与细节之中贯彻，我们似乎都只喜欢优秀而听话的好孩子，也就是无个性而只会刷题和配合学校的尖子生，这种观念和方式导致的就是社会和教育领域的高度单一化和扁平化，没有多元的碰撞和自由的生长，最后所形成的往往仅仅是一些欠缺内在灵魂的势利而孤独的成功者。长大成人以后，大多数往往就是韦伯所言的"专家没有灵魂，纵欲者没有心肝"。

周先生在三月份与我通信谈及对子女的教育问题时如此写道："我们爱一个人，是爱他整个，不是单爱他的优点，当然有些缺点要改正，可是研究遗传学的人都知道，要改的如是天性，便会很慢。我觉得大都市里的好学校，都太重视效率了，对孩子造成压力，有时没有激发孩子潜能，反而害了他。举车子为例，有的车子开得慢，因为要负重，有的开得快，设计为跑车，但不能用来负重，各有特色，我们世界多元，其实是这个原因。我觉得慢车比较更有用些，尤其路况不很好的地方。用欣赏的方式看周围的人吧，尤其是自己的孩子，有时要伸出援手，是给他信心，慢一点走，走得稳是好事。我是个个性急切的人，我对子女也有过苛的地方，一次我做梦责罚我的小女儿，她顶嘴我打了她一记耳光，想不到出力太大，我把她打死了，我大声呼叫号啕，被睡在旁的内人摇醒，啊，多幸福呀，只是个噩梦，我便不再打骂孩子了。"这段话对苦恼于孩子教育问题的我也如同一剂清醒药。是啊，走得慢才能走得远，为什么我们总要作茧自缚急功近利而庸人自扰呢？现代人对子女教育乃至人生成功的焦虑，又有多少是真正关切孩子的生命之完整与精神之成长呢？

周先生少年时代并不是一个优秀的学生，甚至被母亲和教师经常体罚，也留过级，因此，他对于教育史上的失踪者的足迹与心灵史有一份痛彻于心而不忍无视的关切，也正是由此触发，他对于优等生文化更有一份深切的思考："我们在教育的观念上还太'单元'化，认为书读得好的人是好学生，书读得好的又以理工科成绩好的最受看重，因为他们未来的'出路'更好。其实社会是个综合体，跟人完全一样，所谓健康，不专指筋肉，骨骼筋肉与精神的发展同样重要，每件器官在人身上都有贡献，没有谁重要谁次要的问题。"这种多元主义的价值立场和平等主义的自我意识，是当今中国稀缺的一种价值观念，从这个意义上来说，跟随周先生的笔触去重温一个"不良少年"的成长史，无论对于学生还是家长，都是一件很有意义的事情。直截地说，我们所习惯去了解的往往是功成名就者的辉煌过去所蕴藏的成功经验，但其实那些具有创痛感甚至屈辱感的生命经验，若能正确审视与检讨，也能成为生命世界中有意义的源泉。讲述往昔生命中的"黑暗体验"，并将之转化为一种具有共通性的成长契机，这是周先生写作这些长长短短的文字最重要的一种文化自觉，而这种视角与意识恰恰是我们的阅读世界中相对匮乏的。周先生的少年时期经历了家庭的暴力、学校的暴力、留级的屈辱、教官的羞辱等各种难以言述的苦闷，稍有差池就几乎陷溺在难以自拔的沉沦之中，但幸亏一些偶然的机缘与自我的韧性，终于从偏离的轨道中又慢慢走回来。可以说，他的一生走了很多弯路或者用如今的话说就是犯了一些根本性的错误，在世人的眼里，弯路和错误都是不必要的对生命的浪费，成长就应该是奔着一个"高大上"的目标经过精心计算的理性和有效的工具努力抵达的过程，这中间不能容许任何的差池和失误，更不允许一丝一毫的分心。而在周先生的生命经验中，这种价值观显然是大有问题的，而那些黑暗的体验经过适当转化也可以成为精神世界的有机组成，换言之，这个世界上没有绝对意义上的失败，关键是如何去理解失败与人生意义之开扩的关系。

我不避繁冗，引述周先生在本书《在我们的时代》一文中的几段话来展现其生命意识的深邃与开阔，他说：

生命中的许多意义，是要在很久之后才发现的。就以我初中留级的事来说，我后来能够从事学问，并不是我比别人多读了一年的书，那一年，我不但没有多读什么书，反而自怨自艾得厉害，其中还包含了一段自毁的经历，四周没有援手，幸好我平安渡过。

然而那次"沉沦"，使我第一次感受到人生某些极为幽微但属于底蕴性的真实。譬如什么是假象什么是事实、哪些是背叛哪些是友谊、何者为屈辱何者为光荣……那些表面上对比强烈而事实是纠葛不清的事物，都因这一阵混乱而重新形成了秩序。那秩序并不是黑白分明的，更不是像红灯止步绿灯通行的那么地当然，而是黑白红绿之间，多了许多中间色，有时中间色相混，又成了另个更中间的中间色。真理不见得越辩越明，而是越辩越多层，以前再简单不过的，后来变得复杂了，以前再明白不过的，后来变得晦暗了。

我与我的亲人、朋友、老师与同学，人挤人地住在同一个世界，但每个人都活在不同的层面里，彼此各行其是，关系并不密切，人必须短暂跳脱，才看得出你与别人以及你与世界的关系，这层关系也许不像一般人所说的那么是非判然、黑白分明。当我眼前不再是红绿的灯号的时候，那状况让我欲行又止、欲止又行，我觉得进退失据的困顿与荒谬，但齐克果说，荒谬是真实的另一种称呼。

我想起自己二十年前一度沉迷于对存在主义文学作品的阅读，特别欣赏加缪所言的"人生不是要生活得最好，而是要生活得最多"。与周先生此处的微言大义略有相通之处，面对世界与人生的荒谬、痛苦与根本性的烦恼，不是转身逃匿，也不是整日哀叹，更不是做西西弗斯式徒然的奋斗，而是保持既介入又超然的有距离的态度，以行动的方式体察生活，以抽离的方式反观自我，将所有的毒药转化成养料，并活出时代的矛盾，这不正是一种卓然自持特立独行的人生态度吗？我曾经在个人随笔集《与民国相遇》的后记里写道："对复杂性的认识、理解与接纳，或许是一个民族通过阅读历史走向心智成熟所必不可少的阶段。"从周先生的人生及其对之的反思来看，如何处理个体的"黑暗记忆"和"创伤经验"其实也是同等重要的，世人对此往往视而不见，听而不闻，避之唯恐不及，急于将之选择性遗忘，这就将那些生命中的尴尬、悖谬与难堪，轻易地用虚无主义的态度化解掉了，而没能有效地将之吸纳到生命意识之中。处理内在于生命与集体的"黑暗经验"是至关重要的，小至个人，大至社会和国家，莫不如此，这其实也就是用一种历史反思的态度走向和解的道路，而我们这个民族的历史记忆太多的是辉煌与屈辱交织的近乎变态的集体心态，冷静而严肃的思考总是相对稀缺。

由此而引发周先生对现代教育的思考，我再引一段本书第一辑周先生写的《附记》，文中说：

教育不是高站在象牙之塔上，用俯瞰的方式看世界。以沉默不善言词来看，我们不懂沉默人的心灵，我们就无法跟佛陀与耶稣相通，因为他们的最高贵时刻，往往是孤独与沉默的时候，孔子说"天何言哉，四时行焉，草木生焉"的时候，不是也有同样高贵的神情？还有我觉得，王阳明在跟学生说"天理在良知灵觉处"的时候，也跟孔子的表情很相像，都是在沉默中体会了心灵觉醒的力量。另外，我们应学着欣赏老实人，还有那些不太会言说的人或有点疯狂气质的人，欣赏他们的真实，体会无言之下的真实生命力，如果我们不学习与他们相处并接受他们，我们就无法领受中国的陶潜、李白、徐渭与八大山人的艺术，还有西方的康德、斯宾诺莎、贝多芬与梵谷①的最高成就了。

身为教育工作者，应该有一份平等的理念与意识，更应该有一份悲天悯人的情怀，他应该成为不屈不挠并且不悲情也不矫情

①梵谷：大陆译作"凡·高"。

的燃灯者，应该成为蒙昧时代的微光，照亮那些黑夜中探索者的
前行之路。从周先生行止出处来看，他就是这样的一个践行者。
比如他从学者变成师者之后，有意识地引导学生进入一个更为广
博而深邃的人文历史世界，去汲取历史文化资源来滋养心灵砥砺
情操；比如他组织学生分组建立读书会，并且分享阅读经验与心
得；比如他引导学生写阅读日记，因为周先生相信宋儒所言的
"读书在变化气质，求气质变化，是须要经年累月的，不可望其
速成。古人常用'春风风人，春雨雨人'来形容教育，春风春雨
是指令人成长的和风细雨，绝不是令人摧折受伤的狂风暴雨。有
时候，被我们诟病的'效率不彰'，在教育上，反而不见得是
坏事"。更难得的是周先生在日常生活中的"春风化雨和光同
尘"，在这本随笔集里的《吕阿菜》和《黄顺安》记述的都是生
活在台北的真实人物，一个是计程车司机，一个是在他家附近卖
菜者的小男孩，都因为与周先生的相遇，得到他的开导与鼓励而
得以在某种程度上重建信心，恢复了一个普通人的生命之尊严。
读到这两个故事，我是极为感动的，周先生看似冷峻，其实也有

着对庶民阶层温润的热心肠，人之立世，执念于名缰利锁或者身份意识，都是一种虚妄和执着，而能在开阔自我之精神世界、夯实自我之生命底色以后，在日常言行举止中春风化雨度人度己，有一份光发一份热，对这个世界即使绝望也仍不放下爱念之心，这才是一种最高的人生境界，毕竟人生在世，最重要的是情义两字，其他都是浮云微尘，正如古人所言：人生恰似西江月，富贵犹如瓦上霜。仅此而已。周先生对人之同情心的阐发也是见人之所未见："人在施展同情的时候也是图便利、图省事的。由于幽微角落的弱者永远置身在权力或利欲旋涡的边缘，他们知道任他们怎么努力，也无法争到更好的位置，因而决定放弃。一般的放弃是消极又悲观的，但他们的放弃却充满了自信，他们似乎找到了另一个生命的方向，这使得他们不论行止作息，都表现出自由与从容不迫，整体而言，他们的生命姿态因'自如'而呈现了一种特殊的美态，与矫揉造作的人比起来，高下立判。"

人生或如长江黄河奔腾不息，或如山间小溪涓涓细流，这正如王鼎钧的《关山夺路》与齐邦媛的《巨流河》的二水分流各有其风致与美感一样，前者呈现政治江湖之美，后者展现人文之幽美。读周先生此书，也感觉到一种沉郁顿挫的美，是一种历经波澜之后静观人生的智慧之美。虽然社会学家会说人不可能过着他的生活而不表达。他的《在我们的时代》中又说：

挫折让我更为坚强，它让我在心灵上更博大地接受多元，在情操上则更同情身在幽微角落的弱者。心灵上更博大地接受多元，是防止自己过早建立主见的一个方式，主见多数排他，在学问上又叫作"门户之见"，做学问最忌先入为主。章实斋说："学问须有宗旨，但不可有门户。"就是指此而言。平心接纳多元，然后以逻辑辨其是非对错，有些是非是"躲藏"在很幽暗的角落，不仔细看是看不出来的，这是学者要做的事，这叫"发潜德之幽光"，观察是做学问的起码本事，我因受挫而提早拥有，这是我的幸运。

这就将学问与生活做了内在的关联，学术不再是脱离人生的虚幻的智力游戏，而生活也不再是日用而不知的混沌一片。更重要的是周先生对自由与德性之关系的反思："有高贵道德视野的自由是把自由的境界放在别人甚至全体人类之上，所以不是自私的，真正的自由论者，并不放纵自己的自由，反而从外表看起来，似乎还更加的拘谨与自制。"因此，《躲藏起来的孩子》虽然主要是从生命经验出发聚焦于教育议题的随笔集，但因周先生学问之精湛、观世之独特、底蕴之深厚与情感之细腻，处处能够从细微处引申扩散，将那些如散碎文辞的生命片段收拾起来串联成充满智慧的人文主义珍珠，这是值得广大读者去鉴赏与品味甚至珍藏的人文之思。

自序

我一篇二十年前写的文章《躲藏起来的孩子》，最近在"向借文化"刊出，被很多大陆媒介平台转载，看到的人很多，在大陆社会造成了一些冲击。这结果是我与"向借"的朋友都始料未及的。要问我心情呢，很难说得清楚。当然其中有点是高兴，这篇小作发挥了一点正面的作用，正面作用中包括让读过的人都更重视教育，进而推想教育不该仅是为精英分子所独设，也该"分润"给那些被忽视的不算精英的人。而且严格一点说，不算精英的人所需的教育，比精英分子更为殷切。

但这么多人关注也令我着急，怕出了问题自己应付不来。我一向生活在自我的小圈子里，不善与群众接触，我也害怕盛大的事务到后来总会弄到有点扭曲，我总是担心读者读了我的文章会错会了我的意思。譬如一些网站把这篇文章改了题目作：《守候着我的"笨"女儿，直至她花开烂漫》。我当然知道，改题目一定出于好心，也或是为了制造惊耸效果，有利于推广，但我必须说，"守候着我的'笨'女儿"不是我的本意，第一是文章中的球儿并不笨，第二是我也没有一直"守"着她，很多时候，我给她自由，让她习惯单独飞行。

不管怎么说，都牵涉到"爱"这个字。

孩子当然是要爱的，然而父母所给的爱很多时候是"爱之其实害之"。杰出的父母要子女"青出于蓝而胜于蓝"，不杰出的父母也希望孩子超越自己，不要一辈子受自己受过的"窝囊气"，这些都是源自爱。

世界是多元的，这在父母子女之间也看得出来，孩子很少与父母生得一模一样，世上天才不见得出身于杰出的父母，而杰出父母也不见得必然会生得出杰出的孩子。负负得正在数学上也许是必然，但在人生的际遇上，负与负相乘，结果不见得一定得正。遗传学上的道理，并不那么确定。

　　过于一厢情愿，结局并不见得好。台湾曾受日本人高压统治，大学不许台湾人学习法政，在此环境下，传统的台湾人心中最崇高的职业是医生，能把自己的孩子培养到大学读医科，是大多数父母的最高心愿。但读医学院一定是最好的命运吗？我就知道几个很不幸的案例。以前有个台大医学院的学生名叫王尚义（1936—1963）的，平日喜爱写作，曾数度想转到文学科系，被父亲反对，好不容易谈了次恋爱又为母亲阻止，写了几本小说如《从异乡人到失落的一代》《野鸽子的黄昏》，虽轰动文坛，但始终不得志，大学毕业，郁郁病死。他父母阻止他转系、谈恋爱，岂不是想要他专心学业，将来做个令人尊敬又生活好的医生吗？岂有任何一点"恶意"在其间？但这种爱并没发挥正面功效，却成了害了他的源头。从社会的角度来说，王尚义就算没死，他如无心把医科读好，就算他最后如了父母的愿成了一个医师，却是让文学界少了个天才，医学界则可能多了个庸才，对社会而言，是双重的损失。

中国人的父母，对子女的要求期望太殷切，也过于直接了。这当然是缘自爱，岂不是所谓"爱之深，责之切"吗？但我认为爱应该曲尽人情，应该处处为对方设想，不能一言及爱，就一副大义凛然的态势，就把对方逼进死胡同也不顾。一年我在大陆，见到一对父母为子女的婚姻，竟然不惜以死相誓的场面，而他们的子女早已成年了，当然只闹得不欢而散，这已是最好的结果了。我有机会问操心的父母，父母说四周人都早结婚了，再不结婚，我们在家里无颜见人；我也问过子女，子女说那个对象对父母而言是不错的，但要结婚的人是我啊！说的也是实情，你总不能以自己满意的对象横"嫁"给他人吧。在邻里不好做人与子女的终身幸福哪个更重要，做父母的为什么不能为子女设身处地地想一想呢？要想到结婚生活一辈子的，是他们啊，这叫作曲尽人情。父母为子女设想的，无疑是出自爱心，但爱太原始稍粗糙了也不好，这是因为没有把他们施爱的对象当成一个独立的个体看，简言之，是对他们的孩子不够尊重。孩子再小，在人格上也该是独立的。

爱不是借口，更不能以爱为名来遂行自私的事。现代父母应该有一种修养，允许子女跟自己预想的不一样，或远低于这个预想也不以为忤，要知道了女虽是出于我，却不见得必同于我，凡事不能用同一个标准来衡量。

教育绝不是说教，而是陪着孩子在生活中身体力行，所以教育是施与受双方面的共同活动。最好的教育是教师陪着学生一起成长，在教育中，"人"是无法由其他取代的，再好的声光电影，再好的多媒体教学，都是单向的，都不是我所说的教育。现在有一种"公开大学"（台湾叫作"空中大学"），利用电视影音来教学，我承认有时候教学的效果还很不错，但这种教育只能补一般教育之不足，还不能成为教育的本体，因为这种教育是单向的

"授业"而已，要它"解惑"或"传道"就有难处了，因为每人的"惑"都不在一处，而体道、悟道的经验也各不相同，是很难在"空中"尽传所有的。

我向来不太赞同传统的儿童读经教育，传统的读经教育，只要求儿童趁着记忆好时背诵全文，做教师或父母的无须讲解，因为不须讲解，教师与父母都不见得懂，当然更进入不了经典的核心了，这使得做教师与父母的无事可做之外，也丧失了自己再教育再成长的机会。自己不感动的事是无法感动别人的，我也不相信一个经典的外行可以教出经典的内行来。还有一个重点是，经典如只强调记忆背诵，不能将之化入我们生活血脉之中，经典就只是空文虚套。荀子说过："口耳之间则四寸耳，曷足以美七尺之躯哉。"

有关教育的事是说不完的，不如碰到什么事，再说些对应的话吧。

"向借"与东方出版社的几位年轻朋友，感于大陆有不少人关心子女教育，跟我往往通信，问了一些我也不见得回答周全的问题。他们在我以前出过的书中，选了一些有关教育的文字，要我帮忙增删，以成这本书。我很惭愧，虽然一辈子从事教书的工作，但我却不是出身教育的"正途"，当然因需要也散漫地读过一些有关教育学的书，其中也有些是心理学、哲学之类的书，但都不是很全面又有进阶性的阅读。严格说来，我不是教育专家，我的理论训练不足，教育对于我而言是生命成长的过程，这种成长包括了学生、子女与我个人，在其中没有什么深不可测的理论，学与教只是我具体生活的一部分罢了。

我从去年开始，做了二十多年来顶想做的一件事，就是把我们中国最重要的一本书《论语》再重新注了一次，当然得熔铸许多古人的见解，在书中也呈现了不少我个人在阅读与思考这本书的特殊经验。我在重注这本书的时候，反复地想着一件事，就是孔子到底是一个什么样的人？

在西汉当"今文经"当道的时候，他们把孔子称为"素王"，也就是将孔子当成天下的君王看待，孔子手订的《春秋》

则被视为圣经中的圣经，是儒家治平天下的最高准则，其地位有点与当今的"宪法"相似。这种看法，当然是一种扭曲，因为孔子只是春秋时代一个小国里不很得志的"士"。士在古代有两层意思，一是指官员，一是指拥有知识的知识分子。孔子在鲁国曾做过很短期的"官"，但当时鲁国大权旁落，国君对他的信任也不足，他在政治上的成就是不足道的。他也曾周游列国，谋求在政治上的发展，但还是无成，最后在不得已的情况之下，回到鲁国以著述教学为生。孔子从三十岁之后，就有学生跟随，晚年更以教学为生活的核心。我们看孔子的一生，其实是个不折不扣的教师，所以宋以后把孔子叫作"至圣先师"是比较准确的。

孔子是个教师，这是我们不怀疑的事。孔子的门下，品类复杂得很，《论语·公冶长》中孔子有一次跟孟武伯谈到自己的学生，说：

孟武伯问："子路仁乎？"子曰："不知也。"又问。子曰："由也，千乘之国，可以治其赋也，不知其仁也。"

"求也何如？"子曰："求也，千家之邑，百乘之家，可使为之宰也。不知其仁也。"

"赤也何如？"子曰："赤也，束带立于朝，可使与宾客言也。不知其仁也。"

孔子答客人的讯问，对自己的弟子的表现当然要谦虚，这便是孔子屡说"不知其仁也"的缘故。但这章还有一个意义，是说明孔门的弟子各有来路，各有才性，教育的目的，不求齐一，而是帮助受教的人发展特性，受过教育的人走进社会，可以各自发展自己的才干，不须强求人所必同，所以"因材施教"是孔门施教的方式。

孔子不是班科出身的教育家，也没有相关教育学上的专著，却是最令我们景仰的"至圣先师"，因为他把人的才性融入品德，把知识融入生活，他的教育，是永不枯竭的生命活水教育。

这本小书里的文章原不是为教育而写，所写的大部分是我个人的生活，有些内容与教育有关，这是因为我久居教席关心教育的缘故。文章里的描写与感悟，有时透露出光明，让人欣喜，有时候却是卑琐又幽暗的，令人悲哀，这也跟我的人生遭遇不顺遂有关。但假如这种明晦与起伏是生命的真相的话，就都让它们留着吧，因为真的永远比假的好。

眼尖的读者会注意到这本书扉页之后有两段题词，一段是从《论语》选出来的，是："子绝四：毋意，毋必，毋固，毋我。"翻译成白话便是："孔子有四件绝对不做的事：一是不做臆测，二是不期必然，三是绝不固执，四是毫无自私心。"文中说的是指孔子的为人，而我认为这"四毋说"在教育上也很有意义。对受教的人，教师不该做过当的臆测，也不期许学生未来必然朝我想象去做，施教的人不要固执，也不要求别人非要如此不可，这是因为看重受教者的人格特性，不过于介入自己的成见，这才算是"因材施教"。

另一段选自明代大儒罗汝芳的《近溪子集》。罗汝芳说他平生最得利于"恕"之一字。所谓"恕"就是孔子所说的"推己及人"，也就是凡事为他人想，不要过于主观，这跟前面孔子"毋我"的主张是相通的。我们不妨想想他说的："从此痛自刻责，善则归人，过则归己，益则归人，损则归己，久渐纯熟，不惟有我之私，不做间隔，而家国天下，翕然孚通，甚至发肤不欲自爱，而念念以利济为急焉。"从事教育的人能念及此、做到这个地步，不也是让我们的教育达到更高的境界吗？

四年前我的一本小书《记忆之塔》由三联书店出了大陆版之后，华东师大的唐小兵教授写了篇令人印象极深的书评，我读了很感动，此后我们书信往返，因而结交。前年他来台北开会，我们还特别相约见过一面，当然是极愉快的经验。这次他读了网上的小文后，又写信来跟我热心地讨论子女教育的问题，我发现我们的意见在很多地方是相同或相通的，而更无疑的是，在讨论中，我的受益比他要多。我商请他帮这本书写序，他也答应了，这是"重"出这本旧文选集给我最大的欣喜。

2017年5月24日序于台北市永昌里旧居

目录

第**2**辑

第**3**辑

没有一个孩子是可以被放弃的，

这一点家长和孩子都要记得，

在教育的历程中，没有一个受教育的人是该被放弃的。

父母放弃子女是错的，教师放弃学生是错的，

而孩子本人，更没有理由放弃自己，

因为"自暴自弃"，就不只是教育没希望，

而是人类没有希望了。

第1辑

风的切片

　　叙述记忆其实是难事。记忆是一个整体，叙述的时候必须将它一片片地切下，即使是一块肉、一棵菜，切下来后便再也拼不完整了，就算拼凑起来了，也只算是死的标本，生命已荡然。何况记忆大部分的时候更像一阵风，来无影去无踪的，要想将风片切下来，岂不完全是一件徒劳的事吗？

　　但既是记忆，还是要"记"的。我最初的台湾经验其实并不是始自宜兰，然而我从小学到初中、高中几乎全在宜兰的一个小镇度过，要我唤回我最多与最初的记忆，不论是痛苦的、愉快的，或者既没痛苦也没愉快，已朦朦胧胧变成迷糊的一片了的，那便是多数事物在记忆中的样貌，那些事的发生地都是以宜兰为主。

宜兰县其实是由群山所隔的一个三角平原，"孤悬"在台湾岛的东北角，平原中间有条浊水溪从西到东流过，后来为了区别台湾中部的一条同名的河流，就改叫它兰阳溪了。兰阳溪很宽阔，在台九号公路经过的地方大约有一公里多宽的样子，汽车要是过桥就要走很久，桥下河床上裸露着大大小小的石头，水流量不大，台湾的河流大都是这个样子，要等台风来了，水面才会浊浪滚滚地宽广起来。宜兰县在台北的东南面，距离台北并不很远，坐火车一趟，以前就算火车走得慢，也只不过四个小时的样子。但我小时候在宜兰，觉得到台北极其遥远，彷佛到一次台北，有上一次天堂的感觉，那种遥远不见得是地理上的距离，而是心理层面的事。

我们一家随姐夫的军队从1949年"撤退"到台湾，在到台湾之前，我们还在海南岛停过一个多月，那时的海南岛到底是什么模样，现在已记不太清楚了。只记得从海口登船的时候，必须从港中搭小船到外海换大船，军事术语叫作"换乘"，乘要读成去声。换乘时必须由绳梯攀爬上船，大船的绳梯很不好攀，一不小心就会落海，很小的小孩没有力气攀的，都是由大人"抛"上大船，上面的人没接好，掉回小船一定受伤，万一不幸掉到海里，就很难再捞起来了，所幸我们这条船除了损失几件行李，没有人落海。我们从海南岛经过金门再到台湾，旅途充满不确定感，常常有预料之外的事发生，可说是诸苦备尝。但吃苦与担忧是大人的事，小孩只觉得好玩，不断掉换的人物风景，像站在万花镜前面，让人目眩神迷，我们那一代人的童年特别漫长。

我们刚到台湾，曾在上岸的基隆待过几天，就"住"在基隆火车站的月台上，同属军眷的一位妇人，就在火车站月台生下她的第一个小孩，是个男孩，大家帮她用白布与床单遮着。我听到小孩初次啼哭的声音从布幕后面传出来，感觉很近，又像很遥远，有点像猫叫，只是更急切些。更远有各式轮船的汽笛声，声音有高有低，长长短短、断断续续地从潮湿又有咸味的海风中传过来。

几天后我们被迁往中坜的平镇（用被动的语气是指所有的迁徙都不是自主的），那里属于桃园县，我们在那儿的乡下住了大约不到半年。平镇有间"南势国校"，我们全住在学校的礼堂里，没有隔间，行李箱子上搭着简陋的床板，像住在轮船大通铺一样，我们白天四处游荡，晚上上来睡觉，蚊子多，每"户"搭起大大小小五颜六色的蚊帐，零乱得很。中餐晚餐是由伙食团供应，菜与饭都"打"到大通铺上解决，大人小孩，吵成一团，当时好像没有早饭供应。

伙食团的厨房是露天的，就在礼堂边上，主持厨政的是军队的兵，大家都叫他们伙夫，伙夫虽然穿军服但都邋遢得不得了。厨房每天煮便宜的包心菜，菜帮子菜叶菜心一起煮，像把白纸煮成烂糊，里面一点油都没有，难吃得要死。有一次不知什么原因说要打牙祭，伙夫捉来十几二十只鸡，拿刀在每只鸡脖子一抹就丢在地上，让它们又跳又蹦地在火灶旁边的空地上流光了血而死，最后淋上滚水再拔毛，动作都恶心极了。饭里面经常有米虫，米虫长得跟米饭一模一样，只比我们吃的"在来米"要白些，而且头部有一个小黑点，大人狠命扒饭，都看不太出来，聪明的小孩会把它挑出来，但怕挨骂不敢让大人知道，有的大人会说吃米虫有什么关系，米虫也是吃米的呀。三姐与我还进入"南势国校"读了几个月书，最后三姐竟拿到这所学校的小学毕业证书。

后来我们又不知道什么原因被迁到东部的宜兰县，在几个不同地点"浪迹"过。首先我们住在一个叫作五结的乡下，我也胡里胡涂地在"五结国校"读了几个月的书。我们在五结的时候与其他军眷分散，借住在一户农民的家里，听不太到"外面"的消息，住久了后，我们也逐渐融入了农家的生活。母亲学着屋子的主人养鸡，房子四周是竹林，竹林有很多虫可吃，就不太需要喂食。夏天要下雨前，天上飞满了蜻蜓，蜻蜓飞累了会停在竹叶上，只要一伸手就可以捉住，我们小孩把抓到的蜻蜓翅膀扯断，丢在地上喂鸡，不久我们家的母鸡孵出一窝小鸡来，毛绒绒的黄色小鸡十分可爱。后来家里又养了鹅，听说要把鹅养好，必须把给它们吃的菜或青草高高吊起，这样鹅就会不断长高。当时有一种专门拿来喂鹅的菜，闽南话叫它"鹅仔菜"，田里到处都是，长得很快，后来我才知道这道菜在《诗经》里就有了，《诗经》叫它"莪"，就是"蓼蓼者莪，非莪伊蒿"中的"莪"，我们祖宗早就吃了，根本不是专门给鹅吃的菜。家里养着鸡与鹅，便有安定下来的感觉，这是我们一直所欠缺的，我们家已经连续奔波两三年了，我虽然还小，也能体会颠簸之苦，大人势必更渴望歇息，五结不是我们的故乡，但却给了我们故乡没能给我们的安宁与稳定。

有一天下午天打雷，突然下起大雨了，我从院子奔回屋子，当时我穿着木屐，在屋檐的地方，没注意我们家的一窝小鸡也由母鸡带着在那儿躲雨，我跑得太快了，木屐踩伤了一只小鸡。母亲看见了，因心疼的缘故对着我大骂，不准我走进屋内，说要是小鸡死了我一定会遭到天打雷劈，我当时十分恐惧，小鸡命在旦夕，而我也在母亲的咒诅中丧失了自信。我把小鸡放在手中，它不断地抽搐，我祈祷它不要死，但它慢慢变冷，最后还是死了，这时一个雷真的劈了下来，令我目眩的电光后是一连串震耳欲聋的声响，我想我一定得死了，我等了很久，结果发现我并没有死。

不久我们被通知与其他人一起搬到罗东镇边缘一个像军营的地方住下来，又恢复了集体生活，但与以前不同的是，每家都独自开伙，也有自己家的门户了。这是军队眷属居住的地方，简称叫眷区，眷区取了个好名字，叫作"康定新村"。早年人人梦寐回到大陆，街道建筑都喜欢取大陆地名为名字，康定是当时还有的一个省份西康的省会，我们在那里是不是安"康"不知道，但从此也许可以"定"居下来了，感觉那名字取得好。不过大多数人还只认为台湾是我们暂时的歇脚之处，没有人以为会真正长期地定居下来。我记得一九五一年的秋天，我跟眷区的一个比我年长的同伴逛街，走到罗东公园的民权街口，面对公园有一幢很大的建筑正在施工，原来是正在兴建中的兰阳大戏院。我的同伴告诉我，我们不可能到里面看电影的啦，我问他为什么，他说因为等戏院建好，我们早已"反攻大陆"了，我当时也以为他说得有理。那位同伴长大后考上陆军官校，成为优秀军官，退伍后一直住在罗东。

眷区的房子简陋，最早是茅草做顶，墙是竹篾片涂上泥巴，外头再刷上一层石灰，建材都是破烂不堪的东西，顶不过偶尔发生的大火与常常来的台风。后面几年间屡毁屡建，慢慢地有砖有瓦了，终于形成一个稳固的聚落、独特的生态，也自成一个彷彿与外面不太相涉的世界，我住在那里完成我的小学到中学的教育。

眷区的旁边是一条小溪，溪畔安了些水泥石板，成了妇人洗衣的场所，早上溪旁总是热闹非凡的。没石板的地方，有天生的竹丛，竹子下面，长满了野姜花。水里有长发一般的荇草，随着水流摆荡，小溪清澈又美丽，里面游鱼可数。这溪的上游，是我们男孩练习游泳的地方，小时候游泳，都不穿裤子，大家都这样，也不觉奇怪。溪的下游，在快要到"罗东国校"的地方，形成一个大拐弯，拐弯的地方有一个水闸，那里水比较深，又有漩涡，据说溪底泥泞又深又软，脚陷进去便拔不出来，只有大人敢在那儿游泳。

后来溪对岸逐渐繁荣起来，房子慢慢盖多了，大家都把污水排进溪里，溪便不再美丽。一个大家叫他王排长的，退伍了住在村子里，嗓门有名的大，喝了酒喜欢扯着嗓子唱京戏，有太太有儿子，一天被发现淹死在小溪里。照说尸体会顺水流到下游水闸那边才对，但也许被溪里的荇草所绊，尸体就停在洗衣的不远处"不肯"走远，大家说他生命已了而心事未了，说得活灵活现。那段溪水，以后就没人敢在那儿洗衣了，更没人敢在那儿下水游泳，隔了将近一两年，才慢慢恢复常态。有人说王排长是不小心跌进去的，也有人说是久病厌世自杀。

罗东比五结离海要远，但到了晚上万籁俱寂，尤其当午夜梦回，也能听得到八九公里之外海浪拍打沙岸的声音，那是亘古以来就有的，像人的心跳，平时不容易察觉，仔细的话总听得到。如果用世界的标准来看，罗东是个小地方，但在宜兰县来说，那里并不算小，它曾是县里面最繁华的地区，在日据时代，那里是太平山林区的林木集散地，太平山出产日本人建筑最喜欢用的桧木，当然第二次世界大战后，桧木已被砍伐殆尽，木业带来的荣景已消失大半，但"馀气"尚在，镇上还有许多欢场如酒家、茶室，还有一些锯木厂与贮木池，见证它曾有过的辉煌。

从我们住的地方沿着溪往下游走不远，左转经过一座桥就是小镇的中正街，往北走没多远再转向一个巷子，里面有幢两层楼的木制大房子，当时地方的内行人都叫它"会馆"，外行人都叫它"罗东会馆"，据说在日据时代，就是一个声色犬马盛极一时的地方，我读中学的时候，这会馆的盛名仍在。在这会馆以西不远处有许多矮房子，里面很多是藏污纳垢的，有的名字是茶室而其实是小孩不宜进去的地方。我上中学之后，这里几乎是我上学必经之处，我对其间的巷弄很是熟悉。一个同学说，在罗东会馆附近骑楼下有一家卖鱿鱼的摊子，他们卖的鱿鱼最好吃，鱿鱼是干货，必须事先把它泡在水中"发"好，太硬咬不动、太软没了嚼劲，只有他们家泡得恰好，吃的时候放在滚水中一氽就好了，切开来趁着热，配着嫩姜及蘸酱吃，好吃得不得了。可惜直到我读完高中，那间曾经盛极一时的会馆都歇业了，我还没吃过一次呢。

小镇的边缘，尤其是火车站附近还留有许多的贮木池，那也是日据时代留下的遗迹，但是直到我读高中时仍没有完全废弃，里面还是贮放着大块的林木，小镇北方一个叫竹林的小火车总站，旁边像这样的贮木池更多，小火车原是用来运输原木的。大型贮木池常常由铁索相连的原木，区隔成几个区块，里面漂浮着各式不同的木头，区块里的木头没有铁索固定，会不规则地滚动，人踩在上面一不小心就会落水，人一落水，四周的原木就可能漂过来，堵住水面，除非了解水性，要想挣脱游出来就困难了，很多小孩就因此淹死。在有铁索相连的木头上就比较安全，木头会随水摇动，站在上面像在船上一样，那里的风也比较大，很凉快，我们小时常到这些大木上垂钓。贮木池里的水是死水，里面的鱼很脏，钓出的鱼不能吃，大家来此垂钓，纯粹是好玩。

从罗东到台北，以今天里程数而言，可以说不远，但当年的交通建设不如今天发达，宜兰与台北之间有一群连绵的山脉阻隔着，这些山脉的主脉叫做雪山，不论坐火车坐汽车，都要耗费许多精神。如果从台北到宜兰，火车过了八堵，纵贯铁路继续朝东走，下一站就到了基隆，那是台湾最北的大港。过了八堵转弯向南，走不久就有许多山洞在等着火车穿越了。那些山洞有的长有的短，往往出了山洞就是深谷，深谷中溪涧湍急，铁路又弯曲，坐在上面很觉惊险。从台北县的福隆站到宜兰县的石城站之间，有一座据称是台湾最长的铁路山洞，可能有六七公里长，当时火车走得慢，走一次要五分钟以上，拉火车的是燃煤的蒸汽车头，一边走一边冒浓烟，走在山洞里，烟排不出去，就全部灌进车厢，把乘客弄得狼狈不堪。当时乘这段车程的旅客，是绝对不敢穿白色衣服的。

公路就更为惊险，有段路叫作九弯十八拐，路弯不说，坡度又陡，一不留神就出车祸，所以走这条路的大卡车，驾驶座的右侧一定要有副驾驶，他的唯一责任是朝窗外投掷冥纸，祈求路上冤死的"好兄弟"放过他们。阴历七月鬼节一到，这路几乎更没有人敢走了。

大部分的台湾人喜欢把宜兰、花莲、台东三个县称作"后山"，表示是隔绝在群山的后方，那里交通不便、人口也少，资讯更少，一样说闽南话，但有特殊又可笑的口音，那里的人因此也"土"得不得了。台湾又多台风，十个台风总有九个选择后山做登陆地，横扫陵夷，肆无忌惮，可见这是个地不灵人不杰，就连天也根本不眷顾不疼惜的地方。

生活其间，也有许多起伏波折，四周虽小，但属于心理上的活动样样似不缺乏，包括健康与疾病、爱恋与失恋、快乐与痛苦，每样都有，只有资讯比较缺乏，台北人一早可读的报纸，这里要到快中午才读得到，很多新闻传到宜兰已成了旧闻。我读高中的时候，宜兰还有一家名叫"中华通讯"的报社，他们的报纸还是由人刻钢板，几乎靠手工油印发行，可见落后的程度。这里宁静而有田园风，是一个颐养的好地方，但却不适合成长。我读高中的时候，一整个县，除了一所农校外，只有四所中学，而这四所中学还是以收初中生为主，家里有孩子读高中，便显得高人一等的样子，整个县没有比中学更高的学校了。

而即使以宜兰县来说，我到过的地方也不算多，我其实是"困居"在宜兰县更小的一个角落，十几年也没出过什么远门。高中时一次在书上读到德国最伟大的哲学家康德一生只住在一个小镇上，并没有到过什么通都大邑，也没看过什么名山大川，但他的"三大批判"震古铄今，还有哲学家斯宾诺莎原本磨镜为业，似乎终身未出阿姆斯特丹城，这些名人故实，都曾砥砺过自己，所居虽小，如穷览典籍，也不致坐井观天，就把宜兰当成安身立命之所，曾以为自己会终老于斯。

后来我读大学，就到外面来了，至于世界，也到过一些地方，但不要说是康德，就是一个一般的学者的"见识"也自认为没有达到，才知道大与小、长与短，其实只是个抽象的对比观念，是没办法用来衡量所有事物的价值的。不过正如我这篇文章开首的时候说的，记忆是记不周全的，记忆有时像一阵风，要想把风留住是不成的，要想片切下来，则更是徒劳。

一阵风走过，把树叶和种子吹下，下面的故事还长着呢，但好像都与风无关。

(选自印刻文学生活杂志出版公司2011年出版《家族合照》)

启蒙材料

我不算"文艺青年",因为我在我的青年时代,没写过什么具有"文艺腔"的文字。中学时我曾参加过学校、县里举办的论文竞赛,也侥幸得过名次,但那些论文不比小说、诗,勉强算只能是散文,都以议论为主,没有太大的文学气息。虽是如此,我在从少年到青年的过程中,对于文学、艺术与音乐,曾发狂地阅读过、聆听欣赏过,所得的一些东西,莫名其妙地累积在我的心中,想不到有一天也发挥了作用,我现在来谈谈。

我在一生"职场"上最后担任的是大学中文系的教授,别人都会认为影响我最早最大的是中国文学经典,其实错了。我读初中的时候就读了一些五四时期作家的文章,虽然都很片面也很零碎,但给我的印象是中国传统文化是有种种问题的。等我读了高中,慢慢地读多了，把《胡适文存》也读了，他批评中国文化的许多缺点，在我心中产生了影响。

有一次又读了吴稚晖的杂文，其中一篇谈中外厕所的文章令我印象深刻，他说上中国厕所总得掩鼻，而在欧洲上厕所却是享受，他们的白瓷马桶干净得可以在上面"打面"（揉面）。反正在机械与物质文明上，欧洲是如何如何的发达，在中国是如何如何的落后，这源于中国自古是如何如何的轻视知识，而欧洲人自古是如何如何的重视知识……我把这些零碎又片面的所得放在心中，对中国传统就抱着一种轻鄙又怀疑的态度。我也读过《孟子》，他是中国历史上罕见的英雄式人物，我在孟子身上得到了反抗精神。

在我年轻的时候，因为苦闷，阅读了大量欧洲的文学作品，当然都是透过翻译，其中以旧俄与法国的作品为多，也读了不少英国文学经典，多以小说为主。大学虽读的是中文系，我却对如何思考产生了兴趣，一度想转读哲学，后来功败垂成，是因为自己放弃了。

我发现自己有一个根深蒂固的毛病，我在阅读文学作品时总抱着很强的理性；但在读理论书的时候，又常会止不住感情，偶尔还会神驰物外，这是很糟糕的，这使我往往能体会这种哲学思考产生的因素及作用，却不容易进入这个哲学纯粹理论的核心。我既有这个毛病，读哲学也不见得适合，就因循地待在中文系了，这是因为中文系比较自由，说透了是比较好混。

生活中我还有一个习惯是听音乐，这个习惯跟着我将近一生。小时候环境坏，没有听音乐的条件，但我会找音乐来听，这纯粹是天性，不是勉强得来。我对声音的辨析能力比较好，有关声音的记忆也好些，但这项"能力"也使我受尽苦难，因为在我们的世界，不谐和的噪音永远比谐和的音乐要多。然而一碰到好的音乐，就觉得受到那么多的苦难都是值得的了。

还有一段时间，我沉迷在绘画的世界，少年时期因为画画得好，受美术老师的赏识，一度想做个画家，后来也放弃了，但对美术的喜好一直藏在心中，一有机会就找有关的书与画册来看。我读台大研究所的时候，一度为查考资料须进"故宫"①的图书馆，我在阅读我所找的材料之外，还"趁便"读了许多馆藏的美术丛书，"故宫"有许多美术史的资料，尤其是世界各大博物馆、美术馆的出版品搜罗最丰。书中许多有伟大特质的画作，激起有关于我与宇

---

① 本文中所说的"故宫"特指"台北故宫博物院"。

宙之间无尽的幻想，我曾自以为对19世纪在欧洲进行的印象主义有点心得（当然是愚不可及的），心想也许可以凭毕生之力用中文写一部印象主义史的书，这类书在西洋可是汗牛充栋，而在中国却没有呀。

　　当然都是幻想罢了。我的"本业"是中文，说实在，我在上面也下了不少功夫，我从少年、青年一直到今天，仍然保持着某些阅读的习惯，就是好书不限中外。我在音乐与美术的启蒙应该是西方的，文学好像也是，但那些材料并没阻碍我在中国学问上的追求，多数还很有帮助呢。譬如谈起西方的印象主义，它是西方近现代美术理论家族树（Family Tree）的主干部分，20世纪其他的流派几乎都算是它的延伸，而印象主义是受到许多东方艺术理论的影响，而所谓的东方艺术理论又多源自我们中国，我就是因为读了许多印象派的画册，才从"故宫""不惜重资"地搬了部《故宫名画三百种》的大部头书回家，从此谢赫、范宽以及扬州八怪也入我眼中了。

　　有时西方也能印证中国。我读初唐陈子昂的《登幽州台歌》时，觉得四周一无凭借，再简单不过的四句，我翻尽我的语汇，好像都不能帮别人解释周悻。一天晚上，我读莎士比业，李尔王说："你是谁？能告诉我，我是谁吗？"（Who is it that can tell me who

I am？）李尔王陷入强烈的孤独感之中，那是一种完全无所依傍的孤独感，使自己都怀疑甚至不信自己的存在了。还有哪些啰嗦的话、哪些严谨的学术术语，比莎士比亚的这句问话更适合用来解释陈子昂的"前不见古人，后不见来者"的呢？

（选自印刻文学生活杂志出版公司2016年出《有的记得，有的忘了》）

探 索

一

读初中（现在称"国中"了）时，男生大约在12岁到15岁之间，正是生理上"积极"发育的时期。我的初中生涯比别人的漫长，因为我初二时曾留级，别人三年可读完的初中我硬是读了四年，这四年所遭受到的变化与打击是极大的，最大的是对"性"的探索。

要知道当时的社会与学校，对"性"是一个很严密的禁制，家庭也一样。我长大后透过翻译读了弗洛伊德的几本性心理分析的重要著作，如《性学三论》《图腾与禁忌》（Sigmund Freud, 1856—1939: *Drei Abhandlungen zur Sexualtheorie; Totem und Tabu*）等，才知道在一个宗教或礼教严密的社会，性是不断受压抑的，性总是与罪恶联想在一起，但性是人类与所有生物生殖的天性，任你如何压抑，只会潜伏，不会消失，潜伏的性欲变成潜意识，它会趁所有的机会冒出芽来的。只要禁制稍稍松懈，它就一会儿"嘉树成荫"了。克制与阻止，往往成为性犯罪的原因。

初二时学校规定要上"生理与卫生"这门课，这门课的第一册的最后一章是介绍男女的生殖器官，课本上有那两种不同器官的侧面解剖图。当时学校安排教"生理与卫生"的多是女老师，理由是医院的护士不都是女的吗？我已忘了没留级前的那个"生理与卫生"是怎么上的，只记得留级后，也就是第二次上的那门课。派到教我们班上的是个害羞的家事老师，平常专教女生班，已不太敢开口了，我们男生都期待最后一章她该怎么出洋相。

想不到上课时她请了我们工艺老师来代课，当然是男的，他个子老高，有个很堂皇的姓，姓蒋，讲话有四川或湖北口音。他上台就把课本甩在讲桌上，冲着我们说："这事有什么好讲的？告诉你们，男人女人就像在战场相对，男的总是提着枪冲锋陷阵，女的咧，总是设计圈套，最后让你弃甲曳兵而走。哈哈，女的是专门耍阴的，不然怎么说女人是阴性呢？"他又说："这事你们现在不懂，长大就都懂了。"说完从袋子里拿出一个电熨斗，当场教起我们要如何拆卸又装配起来，是上次工艺课没上完的，好在熨斗用得上电，里面有阴极阳极，让老师有扯不完的一语双关，但都点到即止，没什么好听的。可笑的是这位工艺老师不会念电熨斗，总是把它念作电"烫"斗，但大家懒得笑他，他让我们对"生理与卫生"的期待彻底落空了。

学校让我们希望落空的地方很多，这堂课的落空也就不算一回事。但却富启示意味的话，什么"提枪上场""冲锋陷阵""弃甲曳兵而走"的，都意象鲜活，从此盘踞在我们心中。别以为我们不知道，其实班上有两个自称早已读过四书五经大全的男生，早已在下课的时候，把所有人渴望的知识传授给大家了，只不过跟现在的广告一样，里面总是穿插了不少夸张的部分。那两位男生与我一样是留级生，靠留级后的苦闷与自学，把那些盘根错节的事儿摸得透熟，就是因为盘根错节，才让他们有驰骋口才、娓娓道来的机会呀。一个绰号叫作"性学大师"，一个叫作"金赛博士"，他们最辉煌的日子是，无论走到哪里去，后面总跟着一群对性知识无比好奇的男性少年，把他们两人当成肉体与精神的无上导师。

其实是来自同一源头，我们对异性的好奇与爱慕，是性荷尔蒙

在作祟，只是我们不知道。但在少年时代，我对性与对爱情的了解
是迥然不同的，一度觉得恋爱与性是两回事，以为爱情是极为崇高
的精神境界，在这个境界之中，所有有关交媾的性事都是极为低俗
又肮脏的。性之有必要，在于性是生殖必经的过程，所以万一有一
个心仪的异性对象，应该把她搁在灵魂的最高位置，不该对她有任
何一点性欲的想象，以为那是对她最大的玷辱。不知从哪儿听到一
句话，说这种恋爱叫作"柏拉图式的恋爱"，柏拉图是古代希腊的
"三圣哲"之一，课本里这么说，为什么叫"柏拉图式的恋爱"，
却不叫"苏格拉底"或"亚里斯多德式的恋爱"？我不明白，大约
他们三人之中，只有柏拉图经历过这种纯精神不涉肉体的爱恋吧，
当时我想。

二

增强这个思想的是我一个很亲密的朋友，他姓王，是我读小
学时候的同班同学，比我大了几岁，我在读初二之前也一直跟他
同班，我后来留级就没跟他同班了，我读初三时他已读高一，而且
考上比我更好的学校。我读高一时，他们家好像因台风或者其他灾
变而毁了，临时居处狭小，因而要求晚上到我家与我同住。我们平
常各自上学，只有晚上，他吃完晚饭，又做好功课后到我的地方睡

觉。我只有一张竹床，床上一顶军队的行军蚊帐，简陋得很，我们挤在这张床上"共眠"了两个月。

他当时初信基督教，热衷得不得了，睡前必作祷告，而且一定要拉着我跟他一起。祈祷的仪式我不陌生，因为我从小在各个教堂吃教化缘，入乡随俗，当然知道什么叫祷告。在我来说，祈祷就是跟上帝坦白交心，通常先说自己犯了什么错，请求主来赦免，如果没犯错，就得说感谢主的庇佑，万幸没有犯大错，但如仔细想想，小错还是有的，反正一切坏的归己，好的归主，不管说了什么，最后一句一定是："奉主基督的圣名，阿门。"这些词语我早已滚瓜烂熟，难不倒我。但我这位同学的祈祷太长了，又过分诚实，有时听了他祈祷，不像他说的得以安心入睡，反而令我辗转反侧，不能成眠。

他的忏悔，通常都在"色戒"方面。他在祈祷中会叙述他的犯罪的过程，巨细靡遗的，起初令我触目心惊，但听久了，也万变不离其宗地都在一件事务上打转，也觉得有点腻了。譬如他看到心仪的"女友"（应该算是心仪的女性对象，不见得熟识的），就会想到要如何拥抱她、亲吻她，如何在她耳旁说些别人听不到的悄悄话，然后一步一步地加"深"动作，最后总会走到图穷匕现的最不堪的地步。换句当时流行的黄话说吧，他是想跟眼前的这位女人"睡"了，反正下流至极。这在情色小说里，可以说并不特殊，但有趣的是这些"限制级的"情节，是他在与上帝沟通时合盘托出的，在我印象中，除了法国卢骚①《忏悔录》之外，纯属罕见。

叙述虽然煽情，而主题却是忏悔，他总把这件事的起因与结局搞到和宗教上的罪恶有关。他对上帝说他犯错了，他不该以这种方式来看待一位同样奉主的教友（原来是教堂认识的），希望上帝能够赦免他，或者责罚他，给他平静与"圣洁"的生活，因为他这个有罪之身，是无法"纯粹"侍奉上帝等等的话，这样冗长的上下交通，当然也在"奉主基督的圣名，阿门"的结语中完成。我觉得他的思想方式，有点陀斯妥耶夫斯基在小说《罪与罚》或《卡拉马佐夫兄弟》里人物的味道，做任何事都会想到触犯宗教教条的可能，但他与陀斯妥耶夫斯基的不同，在于陀的反省比较全面，而他的罪恶感仅限于性的方面。

我对他祷词中说不该对同属教友的女子想入非非很不以为然，当时想问他，对异性教友有性幻想是罪恶，对一般的人就不会吗？

---

① 卢骚：大陆译作"卢梭"。

这话没问出口，因为他或许所爱慕的女子恰好是教友，说这话并没有特殊的含义，但有一次我真的问了他说："你要交女友，为什么总要想得这么不堪呢？"他回答我说，男女谈恋爱，最后总是落到在性器官上打转："你知道吗？不管男女，那地方是用来屙屎撒尿的，要多脏就有多脏，在上面求欢乐，不都是肮脏又龌龊的吗？"

表面上看，不见得没道理。我也一度想起，上帝造人的时候，为什么把灵魂深处的爱恋，设计成这种与屎尿打浑战的局面，真是匪夷所思呀！这个想法加深了性与肮脏的联结，再由肮脏联想到罪恶，性即罪恶这一思想便产生了。我后来也听到一位神父说过类似的话，原来这种想法，在宗教圈里很普遍，一些劝人事主必须守贞，所基的理由大半也是这样的。

但这个说法其实很不正确，也很不健康。要说肮脏，人的排泄物当然是脏的，但从临床医学的角度看，人身上任何部分都充满了细菌，没有一块真正"干净"，我有一次问一位有名的直肠科医生，他是专门诊治人下身排泄器官的，成天与患者排泄物为伍，他说除了人死了做成标本，活着的人，没一处不是脏的。

也就是说，在人身上，看起来干净的东西不见得那么干净，而看起来肮脏的东西也没那么肮脏。人是大自然的一部分，凡俗与神奇其实结合得紧密，庄子说"道在屎溺"，这叫作"每下愈况"，意思是最肮脏的地方也有大道至理存焉，其他人世间的修短、哀乐、美丑等，莫不可如是观。

后来我知道了，假如我真的得到了我梦寐以求的女神，把她供在灵魂的最高神龛，整天对她顶礼膜拜，不把她吓死才怪。纯粹的爱如果没有性，那爱要如何传达如何继续呢？所以西方人把性事叫成做爱，是有道理的，爱尤其是男女之爱是可以透过性来完成，当然指的是有爱的性事，而非没有爱意的性事。

当然，知道或熟悉这种事，是自己成年之后了，正如那位姓蒋的工艺老师说的，人生的一些事要等活到了才能了然的，在此之前，好像只有迷惘，任你如何探索，也是枉然。

（选自印刻文学生活杂志出版公司2016年出版《有的记得，有的忘了》）

体　罚

一

　　体罚指给受罚者身体受罚。表面是身体受罚，但也有精神层面的伤害，所有身体上的惩处，都有精神方面的含义的。

　　大概缘自古代的"肉刑"吧。所谓肉刑，是指让受刑人身死或留下身体的残缺。在中国肉刑共分五种，最轻的一种是在犯人脸上刺青，这在古时叫作"黥"，脸上刺了青很难消失，这犯罪的标记就永远地跟随着他，直到他死。还有"劓"，从字面就知是一种割除犯人鼻子的刑罚；"刖"是砍断犯人脚；"宫"是除掉男人的生殖器；"大辟"则指砍他脑袋，干脆连命都除了。

这些酷刑是缘自"以眼还眼、以牙还牙"的报复心态。"杀人者死"也许是对付杀人者最简便的办法，不过犯罪很复杂，简约的方式不见得处理得了，譬如有"杀人偿命"这句话，表面看似公平，但当他所杀不止一人，能否"偿"得起便是问题了。还有杀人是有意而杀还是过失而杀呢，也须分辨，而过失也分程度，不能一概而论。西汉有名的史学家司马迁后被处以"宫刑"，便更莫名其妙了。他如犯的是"色戒"，得此刑罚尚有可说，而他只是在朝廷辩"李陵之冤"，挑战了皇帝权威，怎么说也不及此刑，可见"以眼还眼"的确不可靠。

我说体罚可能缘自肉刑，是从惩罚者的心里角度来看的。惩罚者通常居于比较高的位置，认为受罚者所犯可以由其肉体上的创痛而得到平衡。一个人在路上挖了一担土去，就叫他另担一担土来填平，"打你就是叫你另担一担土来"。这是我听一位热衷体罚学生的老师说的。

他把问题简单化又制式化了，但体罚都实施在地位悬殊的状态下，也就是居上位的人才可以罚人，受罚者根本没有辩解的机会，或者有机会也不知道如何辩解，只有自认"活该倒霉"。

二

我自幼失去父亲，父亲是否会打人，我不知道，但我母亲是会打我的。母亲是个身材矮小的弱女子，没读过书，不知道现代教育的理论，她服膺的是"棒头出孝子"传统那一套，认为父母打骂子女完全合情合理，而且打孩子是一家的事，别人是不该管也管不着的。她打我的时候，下手总是很重，好像从不顾惜我是她所生，常常弄得我很痛，这是我记得的。

有时是因为淘气，孩子总有淘气的时候。但我记得我小时，并不是个顽皮的小孩，我很少跟别人打架，也很少跟别的男孩玩流行的游戏。当时男孩喜欢打弹珠、丢橄榄子，都得在泥上爬来滚去，还有一种甩纸牌的游戏也是在泥地上玩，常弄得一身脏，我很少或者根本不玩，这缘于母亲不准我玩，还有我的天性不太爱玩。有时在学校玩大队人马骑马打仗的游戏，四个人一组，两组兵马高速冲撞，相竞把对方武士拉下马背以算输赢，这种游戏天寒地冻时可以增加热力，学校的男孩子特别爱玩。因为关系班上的荣辱，有时我不得不参加，但事后总记得把衣服弄干净才回家，也不记得母亲因我在学校玩了什么而责罚过我。

我母亲失去了丈夫，手边只有我一个男孩（她曾有其他男孩，不幸早死了），所以对我有很多期望，传统中国寡母好像一向如此。她对我是不是"有出息"好像特别在乎，但她也很难把什么叫作"有出息"说清楚。我想她说的有出息，是指我在一切方面都表现良好，让她觉得有我这儿子很光彩，至少不丢她的脸、跌她的股。眷村人多，最喜欢跟人比，尤其我们寄居姐姐家，身份很特殊。其实我在学校的表现如何，母亲并不清楚，还有表面上我还算"乖"，很顺她的意，心理上的叛逆，是到高中之后才有，这一点她并不知道，因为那时候她已死了。

母亲在生气之下打我，也常用手拧我，她做过粗工，拧人很痛。小时我跟她睡一张床，我尿床了，她必定打我，有时我先醒了，总是暂时用身体"捂"住垫被，期望她不会发现。有一次她伸脚过来，探到一片湿，嘴里说："这么大了还……没出息！"便用力将我踢下床，当然后来还加上一阵毒打，让我一天都不好受。

有时在外与人发生过节，事情弄大了，大人会带着小孩到别人家"告状"，母亲听到别人说我的坏处时，往往不分青红皂白当众羞辱我，通常是一顿打，多数用手，或者看到附近有什么可援之物，就不分青红皂白地往我脑门或身上送过来，这时旁边有别的大人会大声要我快跑，以免不测。母亲的情绪起伏很大，她对我亏欠别人的很在意，尤其有旁人在侧，她的反应总是过于强烈，她要"做规矩"给别人看，表示她对我的管教很严格，其实是面子问题，弱势的人特别怕丢脸。

三

我对别人情绪的体察，总是慢人很多拍，在以女性为多的家庭中，这是很不利的。在学校，我的遭遇也不很好，我在一般国民学校读书的时候，当时老师多受过日本教育，认为体罚是很正常。除了打骂之外，老师会叫学生蹲跳或仰卧起坐，这些都是体育上的动作，说起来还有点强身的作用。但不当的体育，也是折磨。有的体罚则与健康背道而驰，就是要学生含粉笔头。我记得有一位老师特别喜欢这样，学生答不出问题，他会送上一块粉笔头让学生含着，粉笔是滑石粉与石灰做的，有腐蚀作用，含在嘴里当然不好，但那时的老师不管这些，学生也没反抗的力量。

我在小学五年级时转入一个军用被服厂的子弟小学读书，我二姐在厂里服务，我转到那学校，为的是学校的福利比较好，学杂费全免之外，还有免费的制服可领，但制服做得跟军服没什么两样。要是现在，没人想去穿它，而我们处在因陋就简的时代，也就照穿不误了。我刚转进去的时候，学校的老师都是单身汉，只有一个是女的，在低年级教唱游，后来又来了一个女的，带着一个比我还小的儿子，住在学校传达室后面特别帮她隔出来的一个小房间。她的名字叫作吴志端，教我们的地理（当然还教别班的课，但教什么我已不记得了），她怎样教，教得好不好，老实说我一点印象也没，唯一有印象的是有一次我不知犯了什么错，被她叫到办公室挨打。她用竹条抽打我，出手不轻，这在当时不算稀奇，体罚稀松平常，大家见怪不怪，弄得我们被打的人，也只得曲意忍受，不思反抗，因为反抗无用。

但这件事后来变得越发奇怪，是她以后在学校，只要碰见了我，必定不问理由地要骂我打我，后来变本加厉，我几乎每天都要被她打一次，有时是"刷"我耳光，有时是叫到办公室用藤条或竹条"抽"我。问题是我从来不明就理，我也许得罪过她，但一次得罪不该"祸延"那么久吧。我后来得到学校所有同学的同情，一看到她来，哪怕是比我低班的，便忙着叫我名字，要我快躲，但学校很小，总会被她碰上。这事连续了两三个月，到学期结束，她不教了，带着儿子离开学校，我的噩梦才算告终。

隔了几年，我已经读中学了，辗转知道她是个在婚姻上受了伤的人，带着孩子到偏远地区名不见经传的小学校，为的是躲避，也许等到事情平复，才便离开，原来她在我身上施加的偏执行为，其实是她身世不幸的投射。但这事对我而言极不公平，在我一生造成的负面影响，简直无法轻述。

其一是我长期被她责打，使我潜伏在极深处的某些原始的"根性"显示出来了。她打我往往是重击，特别是她因临时遇到我，也许在教室，或在走廊，因事发突然无法准备"刑具"，只有用手来甩我耳光，她出手毫不留情，简直是狠着命地打我，有时打到我脸颊与耳朵相连之处一阵酥麻，使我头昏眼花地暂时失去知觉。我后来发现我好像有点变态，我似乎蛮喜欢那种酥麻的感觉，这使得我有时见到她来，明明可避也不见得要避，有点像吸毒的人，明知有害，却止不了要吸它一口。这是我长大后才警觉到的危险，我性格中是不是有一种受虐的倾向呢？喜欢看人施暴，就算受害者是自己。这倾向有一种吊诡，受虐者往往会变成施虐者，但不论"施"与"受"，都是受害者，对受害者而言，这是命运，往往身是不由己，像昆虫或小动物被卷入水中，完全无法抽身，只得随旋涡而沉沦。

幸亏那施暴的吴老师一个学期之后离开了学校，我像经过了一场漫长的噩梦过后，终于醒来，醒来发现一切还好，我还是有孟子说的"不忍人之心",也就是不忍心看到残暴;也有"恻隐之心",会体谅别人的悲苦,照圣人的说法是,我还是像常人一样具有一个高尚人类的同情心,没有成为变态。但这次经验的另一影响,却对我的人生形成另一个阴影。

吴老师对我的体罚都是在公开场合进行的,有时在成群的同学面前,有时在办公室,学生因为地位悬殊不敢过问,也许合理,而办公室是全校老师所在的地方,包括校长、主任与我的导师几乎都看到我受罚,一次又一次地竟没一个人对她的举措表示置疑,更不要说为我路见不平、拔刀相助了。办公室因责罚我而形成一片肃杀气氛是可以想象的,但只要我离开"刑场",里面马上就恢复了祥和,几个老师又谈笑风生起来,这是我亲身体察出来的。

我从五年级到毕业,班导师都由同一位先生担任,他平常常穿中山装,以前在大陆虽做过军人,却是位学养很好的谦谦君子,课余常跟我们讲文学上的事。他有本从古书影印的《曹子建集》,有一次翻到曹植《七步诗》,跟我们讲曹氏兄弟之间"本是同根生,相煎何太急"的故事。我曾寄望于他,想他也许会帮我处理我老是被打的事,譬如去问一下吴老师我究竟犯了什么错,要如何补救之类的,但他一次也没提过这件事。其实吴老师在办公室责罚我,他都在"现场"目睹，然而事后他见到我，都洋洋如平常，好像从来没发生任何事似的。

这事情影响了我。我后来一直认为，中国其实是个以乡愿为主的病态社会，人与人只讲关系，不讲是非，人的同情，只讲到与他有关的人身上，不是亲人遇害，便没人主持正义，万一有人主持正义，也通常力道微弱，中国社会是一个伪善又没有群体正义的地方。

这种感觉很不好，但从小跟着我，有很长一段时期，它成为我对传统文化与社会认识的基调。当然后来我变了，但要克服或改变这个认识，耗费了我极大的力气，我常想，假如我一生没这个经历该多好。

四

我大学毕业后到一个天主教办的中学教书，这所学校开始很小，所收学生都是各校所剩余的，资质不是很好，学校求善心切，厉行"勤教严管"，体罚便是常态。

我后来仔细观察，施体罚的教师其实对教育是外行的，以为严厉禁止能在各方面奏效。其实学生如果资质差，不会读书，打了骂了不见得能管用。《中庸》上说："人一能之，己百之；人十能之，己千之。"表面上是说笨人用笨功夫也能成功，其实书上说的话是自勉，而非拿来勉强他人用的，要求资质不好的人排除一切狠命苦读，通常不会有什么结果。其次学生德行上的偏差，是心理上的或认识上的问题，细心的教师要好好地体察，设法辅正。一味地打骂，只能收到表面齐一的效果，不能达到真正感格化成的作用的。孔子就说过："道之以政，齐之以刑，民免而无耻。"

我在体罚的环境中成长，后来任教时，也受学校影响，有时"不得不"采取体罚的方式来对付学生（你不打，学生不"怕"你）。有一次学生毕业，闲谈时我问三年之中没被我"打"过的学生请举手，发现竟然寥寥可数，当时我有些震撼，觉得自己太对不起他们了，又为自己的行为觉得伤感又无助。体罚的施者与受者，都像陷落在噩梦中人，非常想摆脱而总摆脱不了，这是它的困窘。

一个噩梦连连的晚上，我在梦境中处罚我的小女儿。她那时正在读小学，是个很聪明又乖巧的女孩，不知为什么，那次竟然"犯"上了我，理由为何，我不复记忆，梦中的我不得不对她施加体罚。我势必打痛了她，让她也动了气地更不听我使唤，对峙的僵局下，一阵羞辱感逼得我出手更重，我甩出一记耳光，她被我打倒在地，她不再起来，我才知道，她竟然被我打死了。我在绝望的深渊中大呼大叫，终于被身旁的妻子摇醒，才知道，那只是个糟透了的梦。

我后来遇到冲动，便常使想起这个梦，只要想起它，我不稳的情绪总得以控制，千万不要惹出自己无法负担的错啊。我提醒自己，我的情绪性格中可能藏有施虐的因子，从我自小被体罚不思逃避可以看出。幸好那场噩梦提醒了我的另一个良知，让我实时觉醒不再沉沦下去。

（选自印刻文学生活杂志出版公司2016年出版《有的记得，有的忘了》）

白　鸽

一

《印刻》十月号刊登了大陆剧作家二月河的一篇谈顺治皇帝的文章，在作者介绍中说他"小学、初中、高中各留一级，二十一岁才高中毕业"。同期又刊登了尉天骢先生记诗人，也是他中学老师纪弦的文章，文中一段说："高中第一年读完，我因为数学与英文不及格而当了留级生。高一重读，纪弦竟成了我的美术老师。"读此二段时，心中窃喜，口中不禁大叹"吾道不孤"，原来留过级的不止我一个。

我曾留级，没有像二月河那样成果辉煌地留了三次，但比尉天骢要强的是我在初二时"就"留了，不像他要到高一时"才"留。我们小时候常比赛自己不光彩纪录，同样的纪录如发生最早的就算胜利，譬如初中时偷窃被抓，一个同学说："神什么呀神？我小学就被抓过啦！"另个人说："我出娘胎就偷东西了。"当然算出娘胎就偷的人优胜。其次同时被抓，得看他"赃物"多少，譬如偷五十元与偷一百元，一百元的罪行较重，但论起英雄来，偷一百元的当然要比偷五十元的英雄些。用这个方式，我们来算算：尉天骢因数学、英文两科不及格而留级，而当年令我留级的不及格科目则有数学、理化与公民三科，科目数量比他要多，当然是该以我为胜出了。

然而今天一条龙，当年其实是一条虫，跟人赛狠比英雄，是事情过了之后才有的。留级生刚留级的时候，每个人都如丧考妣一般，不要说笑，就是哭都不敢出声，窝囊得不得了。我当年留级前，不能说成绩好，但也未居末流。上学期我数学不及格，自以为无所谓，下学期一平均就过了，就是没过，一科不及格也不致留级。再加上我读的是甲班，是四班男生班中的最好的一班，学校对我们一向优礼有加，我编在这班读书也常自鸣得意，想不到下学期不但没把数学补起来，又多了两科红字。学校规定主科两科不及格就要留级，我比下限更多了一科副科，这样留级，从哪一角度言都实至名归，就算倒霉，也是活该。但导师张鸿慈先生深不以为然，他想一定是教师或教务处弄错了，自言自语道："数学不及格也就罢了，怎么搞出理化与公民都不及格了？"亲自带我到教务处理论。教务处的职员查了后说："不是我们的错，是老师打的分数。但要补救，不是没有办法。数学平均才五十一分，上学期就不及格，这一科就不要管它了。理化平均五十八分，这学期只要多四分就平均过来了，没有四分，三分也行，教务处可以四舍五入，也算及格。这里头公民最简单，因为平均有五十九分，只要这学期多一分，就可四舍五入及格。"教务处职员的话中没有主词，但不致弄错，他眼睛看张老师时主词是"你这学生"，看我时主词是"你"，什么也不看时是"这张成绩单"。张老师纯是好心，到教务处为我设法平反，但我从来没有那般的屈辱与尴尬过，我像一个长着暗疮的病人，被逼脱去衣裳，让别人公开揭示我的患部，商量治疗之道。他们讨论的结果是，只要找到理化与公民老师，请他们在七月结束前"更正"成绩，我不留级就有希望。

判了死刑的犯人最好早早伏法，俗语说早死早超生，即使不能超生，至少还算个痛快。不断地上诉、更审，表面带来一丝生的希望，其实是比死还重的责罚，这种痛苦我在少年时代就尝透了。导师事后跟我商量如何找理化老师与公民老师，要我跟他们求情，老师认为，我一向成绩不恶，人也老实（这是他的看法），只要好好说，请他们把成绩改了，应该没什么问题。但马上遭遇到的难题是根本找不到老师。我初二上的理化老师因为犯了"花案"（与女老师或女学生发生了些事件），上学期结束就离职了，下学期来的是一位代课教师，这位代课老师还是从台北来的，常请假缺课，下课就走，跟这儿的老师与同学都不热络，他期末把分数一交就不知去向了。我穷毕生之力（初中生也没什么力好穷的），也找不到他。公民老师名叫葛桐华，要找就比较方便，张老师与他有旧，张老师说就由他来找，但不巧葛老师下学期转到宜兰省中任教，学期一结束就举家北迁，张老师自然也没找着。

这样度日如年地拖了一个多月。家人问我成绩单呢，我说有一科成绩学校说弄错了，要下个月才能发。幸亏他们都不细心，否则一定会发现事有蹊跷，那段时间我出奇地宁静，特别规矩，家事不论是否是我分内的，不须大人吩咐我都会自动又热心地做好。我不太担心姐姐姐夫在知道我留级后嘲笑或责骂，我顶多不读了，去做工，我喜欢绘画，我一度幻想可到戏院去学画广告牌。但我担心母亲会受不了，她只有我这个儿子，她从我小时候就天天逼我早起，叫我用功读书，不要丢她的脸，何况她那时重病在身，医生已验出是肝病。据说肝病的人得吃一种海中生物分泌出来的水，家里摆着好几个大型的玻璃瓶，里面的这种生物很像海蜇皮，它会自动增生，原来薄薄一层，过不多久就变厚了，它分泌的水带着一种特殊的酸味，家里被那种味道弥漫，有些呛鼻，但闻久了也就习惯了。母亲的病越来越重，她的下腹肿胀，大概一周须抽水一次，她已不太能做家事，我分外的小心，代理一切粗重的家务，当然其中有为人子的基本孝心，但我心中还有他事，我当时的繁复委屈是完全不能与人道的。

一个月后，找老师的事没有进展，留级的事就算三审定谳了。当留级确定后，家里并没有发生什么风暴，不是我得到家人的宽贷或原谅，而是母亲的病更重了，而且验出是要命的肝硬化，姐姐打听到台北木栅有位中医，就把母亲带到台北去治疗，家里一片兵荒马乱的，根本没人注意我的事。

母亲在台北治疗了半年多，大约是没效果就回家了，到第二年暑假她过世前，她都住在家里。她必然在其后的病痛中知道了我留级的事，但她已没有力气责罚我，整个家在灾难的阴影下，我败坏的成绩，只算是命运气旋中的一个小插曲，没有人注意到它，也没人当它一回事，这是我逃过一劫的主要原因。

但在学校，我却觉得被羞辱得厉害。当时有句闽南语是专门用来嘲笑留级生的，那句话是，"落第某，呷菜脯"，跟"国语"骂得很像，"国语"是说："留级生，吃萝卜根。"我记得自己到"低"年级报到已是耻辱。有天下午第一节是美术课，老师仍然是王攀元先生，（似乎全校的美术课都是他教）我因绘画表现不恶，他很早就认识我，还一直认为我品学兼优呢，点名时突然发现我在这班，问我是不是走错教室了，引起满堂哄笑。

学校留级制度的用意也许不坏，是让成绩不好的学生有重新学习的机会，但判断学生成绩的机能出现了严重的问题，班上成绩差的，往往可以蒙混而过，而一些成绩不错的学生反倒是留级了，这是教师玩忽职守，没有认真教学，也没认真地打分数所造成的。跟我一同遭到留级处分的两个同学，一个叫作简武次，另个叫作黄庆统，也与我编到同一班。他们都是极为聪明的人，成绩一向在中等以上，却落到与我相同的命运，可见教师打的成绩不可靠。另外学校对留级的学生并没有特殊的观察与辅导，重读旧课程对大部留级生而言，只是玩岁愒时，徒然浪费光阴而已。简武次与黄庆统此后的生涯，几乎全都放在教育班上学生如何阅读黄色书刊上面，一个成了的"性学大师"，一个成了"金赛博士"，下课了，身边总围着群淫光四射的男生，在班上风光得不得了。

留级让我在很小的年纪就"洞察"了人性中深藏的悲剧，人在自己创造的所谓善的行事规则中，其实容纳了许多人与生俱来的恶的本质，任它在规则中驰骋发挥——军人在这个规则下可以对敌人展开残忍的屠杀，警察对不认可政权的人可以肆意地逮捕与处罚，都是荦荦其大者。在学校，教师与学生对成绩不好的人，是可以恣意侮辱的，那是"正义"赋予的权力。当然，世界是圆的，没有单方面的道理，留级生也有生存之道，少数留级生可以戮力自强，发挥潜力，也许把成绩拉上去，等他加入杰出之林后，也可以"奴役"别人。另一种人自知无望，干脆放弃，也就是"不跟你玩了"，他们可能比留级前更加"堕落"，他们对自己失望，也会把失望带给他的世界。

二

留级在教育中是不是好的方法。我到现在还不能判断，但我当年的遭遇，对我一生其实影响殊大。家人与周围的人，没有一个能帮我面对挫败的难题，反而是不断的讥讽与嘲笑，使我受尽折磨。当然那些痛楚使我成长，但整个情绪低暗又混乱，所以那种成长不是很自然的也不是很健康的。当我高中的时候，已远离了初中留级的愤怒与忧伤，也许那就是时间治愈了一切吧。记得高三那年寒假，我经过小镇的菜市场，看到一个个子长得高瘦精壮的年轻人，正在搬动堆在街边的陶罐，仔细一看，原来是跟我一同留级的"性学大师"简武次，他变得比以前腼腆，有一点害羞，我问他别后的生活，他告诉我他后来没再升学，就靠卖陶器为生。我问他同属我们一道的"难友"那个绰号"金赛博士"的黄庆统的现况，他说他不清楚，但听说也不读书了，好像到台北去寻求发展了。他邀请我方便的话到他的家里去小坐，他家住在圣母医院后面，正巧与我住得很近，有一天黄昏我就去拜访他。

他住的地方是租来的，是个有院子的平房，院子与房屋走道上堆满着各式陶器，大多是食器，也有一些是玩具，但在他住的主要房间的地上，整齐地排着一列专门用来装死人骨头的高罐，令人怵目惊心。他与我同年，我还在学校读书，他却要成天在这儿搬有运无地接受生活的磨练，他笑着说，这些都不算什么。他说留级后他只读了一年就休学不读了，所以他初中根本还没念完，留级后的那一年让他觉得所有的生活继续读下去都没有意义。我开玩笑说："你不是读小说很有心得吗？"我指的是色情书刊，他苦笑说："一阵子疯，过了，就都没有味道了。"我问他生活中哪些还是"有味道"的呢？他说是养鸽子。

他带我上屋顶，说现在正是黄昏放鸽子的时候，我才知道他的本事。他说屋顶的鸽笼全是他一钉一木亲手"打造"的，木条都是原木的颜色，整个鸽笼整理得十分干净，没有一般鸽笼的臭味。鸽群看我们上来，都咕咕叫又跳的，显得兴奋异常，他打开特制的小门，鸽子一个个跳到门内的踏板上，彷彿在等待他的准许才能飞出笼外似的。他把一只灰色带着红斑的鸽子抱在手中，检查它的喙与足爪，他说这只鸽子前几天受过伤，现在已经全好了，他用上扬的手势送它到空中，鸽子就奋力地飞了出去。他特别挑了一只纯白的鸽子，轻轻放在我手上，要我用左掌捧着鸟的腹部，右手轻压它的双翅，将它的双足，穿过我左掌的指隙，小心别让它抓伤了，他说，他要我学他放鸽子到空中。白鸽的腹部柔软极了，它的足与喙都是好看的粉红色，而眼睛则像红宝石一般的发亮。我在他的号令下两手轻扬，白鸽就拍着翅膀飞了出去，简武次看着我，第一次兴奋地笑了起来。他举起插在鸽笼边的竹子，上面系着一面红色的三角旗，他用力地在风中挥着，我与他一起，看着远方的鸽子，好像自己也能飞翔，能够把年轻生命中的困顿与哀伤，远远地抛掷到脑后一样。

（选自印刻文学生活杂志出版公司2009年出版《同学少年》）

有弗学?

以下是我少年时代三位老师的故事:

一 张鸿慈

《中庸·哀公问政》里头有段话是用问答的方式写的,上面说:"有弗学? 学之弗能弗措也; 有弗问? 问之弗知弗措也; 有弗思? 思之弗得弗措也; 有弗辨? 辨之弗明弗措也; 有弗行? 行之弗笃弗措也。"反复问答的目的,是要我们牢记前面所说的博学、审问、慎思、明辨、笃行五种德行,老师说圣人要我们努力读书,就算我们是笨蛋,但"只要功夫深,铁杵磨成针",也一定能够成功的。后面又说"人一能之,己百之; 人十能之,己千之",我们笨人只要用功,必要时花聪明人百倍的力气或时间,聪明人能做成的事我们一样能做成，所以《中庸》又说："果能此道矣，虽愚必明，虽柔必强。"

老师在上面讲得头头是道、义正辞严，但我们在下面不能无疑问，只是没有人敢举手提出来而已。难道聪明人做完一件事之后就束手不干，翘起二郎腿等我们后头的人奋起直追？我们即使费一百倍的力气，做成了也最多跟他是个平分，值得吗？要是聪明人闲着嫌无聊，又找一两件事情来做，我们岂非永远赶不上了，他如果又像孔子说的"发愤忘食，乐以忘忧"地发起愤来，我们笨人还有得玩吗？除非聪明人都像颜回一样的短命，但寿夭之间也不会差了百倍吧。这说明圣人的这些话如不是骗人，至少也都有点迂。

教我们读这些文字的是我们国文老师，又兼我们导师的张鸿慈先生。我读初一初二都是他教的，后来我留级就没被他教了，他还是把原来那班带到初中毕业。毕业多年后班上的同学还很怀念他，因为他教书很认真，国文课本上画双圈的课文，他都要我们背，不管是文言或是白话。我记得背的最长的是徐志摩写的《我所知道的康桥》，里面很多很欧化的句子，如"远近的炊烟，成丝的，成卷的，成缕的，轻快的，迟重的，浓灰的，淡青的，惨白的，在静定的朝气里渐渐的上腾，渐渐的不见，仿佛是朝来人们的祈祷，参差的羼入了天听。"又如"啊，那是新来的画眉在那边调不尽的青枝上试它的新声！啊，这是第一朵小雪球花挣出了半冻的地面！啊，这不是新来的潮润沾上了寂寞的柳条？"那一段时候，我们小孩讲话都学着书里"啊"来"啊"去的，再加上许多"那是""这是""这不是"莫名其妙的句法，怪腔怪调得像在演戏一样，像这种长又夹缠的句子读起来都十分拗口，但硬是将它背熟又背快了，像成排的子弹从机关枪中扫射出来，也过瘾得很。老师会利用早自习的时间要我们背书，课文背完，又规定许多课外的文章要我们背，上面举例的《中庸》，还有《大学》等都是他特地挑出来的。他并不冬烘，不像迷信背诵的人都不跟人讲解，他要求我们背的书都会先讲解一番，像前面《中庸》中的一段，他常提示前面的问句如"有弗学？"要我们回答"学之弗能弗措也"。接着告诉我们"弗"就是不，"有弗学"即"有没有学呢"的意思，而"措"是停止的意思，"弗措"是指不要停止，但他的解释仅能达意而已，他口才不好，理由也不充足，经常有词穷的时候。

　　他对学生很慈爱，这也许与他的名字中带个慈字有关。学生书背不出，有时犯了错，他会生气，但好像从不打学生，原先警告要扣分的，到时也扣得很少，或者干脆不扣了，大气得很，因此没什么人会怕他。他不满意的时候常会不自主地皱鼻子，大家就给他取了个"阿鸟"的绰号，背后都阿鸟阿鸟地叫他。阿鸟是闽南语①的意思，但得照"国语"来念，闽南语把皱的动作叫成国语"鸟"的声音，所以这"阿鸟"的鸟字并不是像许多骂人脏话里面的坏意思。不过我很少以阿鸟叫他，总觉得叫这么正经的老师作阿鸟，确实太不正经了。

张老师的太太是我上小学时学校的老师，我这么称她是因为她教的是低年级，从来没教过我，但学校很小，所有老师与学生都是认识的。老师与师母很恩爱，在张老师教我们的时候，他们膝下犹虚，我上高中以后，老师转到别的学校教书，师母教的小学，也就是我的母校也因故解散了，我就没机会再见到他们。据说他们后来领养了个男孩，那个男孩长大了后不太听话，为他们夫妇带来不少烦恼，至于细节我们都不很清楚。

大约十年前，一天我的同学古朝郎告诉我老师死了，老师年老时住在台中，我们特别赶到他们台中的丧家。老师已出殡完毕，家里空荡荡的，师母当然也很老了，却还记得我们。我们问她家人还好吗，想起那个师弟，就算比我们小，也该有年纪了，她不正面回答，只说："唉，就别提了吧。"

---

①闽南语：本文特指台湾闽台语。

二 法云和尚

我在另一篇文章里写过我一位初中的历史老师，他是四川人，姓邹，单名一个"人"，这名字有点怪，一次别人问他怎么取个"人"字，他没好气地反问人家说难不成该取个"鬼"吗？据说他年轻时做过强盗，还杀过人呢，后来又落发出家，在庙里待了很长一段时间，法号叫作法云和尚，最后又不知道为什么"落草"到我们这个穷地方，做个专教历史的教员。他个子很高，留着大把黑白相间的胡子，头发也从来不梳洗，邋遢得不得了，浓重的四川口音，没几个人能懂，他成天醉醺醺的，上课都是乱讲，他教历史其实有点不合格，但他教什么是合格的呢，却也没人能确定。

尽管知道他上课是乱讲，学生还很喜欢上他的课，聪明的小孩常会故意"设计"一些问题让他来发挥，最好说一些打家劫舍的事情来听。有次上课讲到黄巢杀人盈野，就有人问他黄巢如何杀人，要他"顺便"也讲些当年杀人的故事，他傻傻地竟然落入圈套中。他说既做强盗没有不杀人的，以前做强盗没有枪，杀人都是用刀，他说做强盗也得讲"人道"，强盗的人道是杀人要给人一个痛快，不要折磨人家。让人痛快莫过于用刀"戳"他心脏，但是心脏外面有层排骨挡着，再快的刀也戳不进去。"那时候要怎么办？"想不到他认真起来，他叫前排一个小个子的学生站到讲台上去，乘学生不注意一个马步向前，用左手扣着他的颈子，把那学生脸都吓青了，他把右手比了比拿刀的样子，指了指学生"排骨"下的腹腔说："从这里戳进去，要记得刀尖要对准心脏，戳到底，刀把子这么转上一转，这小子一下子就断气了！知道了吗？知道了吗？"他怕人不懂，连表演了几次，一时之间他把历史课当成杀人课，又把教室里的学生当成他寨子里的喽啰看了。说完他一松手，刚才表演被杀的学生呆立在那儿，久久没有动静，眼睛都快吓出泪水了，全班则鸦雀无声，一片静默，下课钟响了后又过了好久才慢慢回复常态，经过这次之后，再也没人敢要他说杀人的故事了。

他的专长其实是书法，他擅长草书，喝了酒更喜欢写狂草，他有几只像鸡毛掸子般长笔杆的毛笔，能做古人所说的擘窠大字。他也能正经八百地用楷法写"榜书"，有一年天主教灵医会在小镇创办圣母医院，招牌就是请他写的。医院招牌四个大字要先请他写就，再让人用木头雕好涂上金漆，钉在医院磨石子顶楼的高墙上，一个字要比两张榻榻米还大。要是现在，书法家会写一般大小的字，让人按倍数放大即可，但我们这位大和尚却真的照规定的尺寸来写。他要我们"小鬼"把报纸粘好铺在地上，要写这么大的字，他原来的大笔都派不上用场，他真拿起一只特大号的拖把，蘸起洗脚盆里的墨汁，说写就写地秋风扫落叶起来。那几个字太大，在近处根本看不出好坏，等一个月以后，医院开幕，远处就看到那四个闪闪发光的金色大字，真是龙蟠虎踞，有气势得很。他也得意非凡，把医院送的润笔全买酒喝光了，看到人老是说："什么天主教嘛，还是得找我这个和尚帮他提振提振！"然后哈哈大笑起来。

我读高中之后不久，他就离开我们学校"转"到宜兰农校任教去了。农校一团糟，当时是没有人想去的，他到那里去有点像古人遭逢贬谪的味道，究竟何以致之，没人确实知道，他在我们学校成天喝酒闹事，也许本来保他的校长后来也保不了他了吧。我读大学的时候，有次回学校，一位与他有交情的老师告诉我，说邹人老师死了，言下不胜唏嘘。那位老师说，他到了农校依然成天喝酒，一天倒在地上，连呼吸都没了，学校请人买来棺材，把他入殓的时候想不到他却又悠悠地坐了起来，把周围的人几乎吓死。他活过来以后还是喝个不停，终于又拖了一年多，才"真"死了。

我在台北上大学的时候，每次回乡，都会经过镇南的南门溪，圣母医院就在溪边，我常从不同的角度看医院主楼上的那几个大字，那四个字不但写得潇洒，又堂堂正正的，透露着无法言喻的恢宏气度，很少人知道那是由拖把写成的。法云和尚已经"圆寂"，他的遗墨仍壁立千仞般地留在高处，像是要向人们见证些什么。然而几年后，医院改建大楼，那四个大字最后也被拆卸掉了。

三　王攀元

我刚上初中，就遇上一位老先生教我们美术，后来知道他与民国同岁，当时也只不过四十几岁罢了，但齿危发秃，一副老态。他名叫王攀元，是苏北人，说起话来，全是徐州乡下难懂的口音，再加上他牙齿快要掉光了，齿舌音相混，说话还会漏气，当然更没有人能懂了。因为学校小，只有他这一位美术老师，他从初一起一直教我到高三，算是与我渊源独深的老师了。

他极不善于说话，再加上说的话也没什么人能懂，所以就与他相处半日，也常常听不到他讲一句话。他第一次来上课，晃晃悠悠地走进教室，嘴里喊着"堪碧花"，然后用粉笔在黑板歪歪斜斜地写上"铅笔画"三个大字，我们就知道他家乡话是把铅笔画念成"堪碧花"的，从此就任学生用铅笔在白纸上自由涂鸦，不太管学生了。我记得从初中到高中，美术课好像没几堂不是画铅笔画的，当时穷，没几个人买得起水彩，画油画、买油彩更是天方夜谭了。

他上课，教室当然乱哄哄的，有时得劳神巡堂的老师或教官来维持秩序。

学校课程有主科与副科之分，国、英、数是主科，史、地、公民则为副科，像美术、音乐、工艺、家事等课又是副科中的副科，学校从上到下，是没一个人瞧得起这些课程的。当然教这些副科的教师也备受歧视，他们的办公室在总务处的隔壁，狭小阴暗，是学校最不起眼的角落，几个人合用一张大桌，桌子空荡荡的没放什么东西，好在他们也很少用到。教师有出勤的规定，但这些教师永远是化外之民，从没人会去查他们的出勤记录。他们很少在办公室，多数是有课就上，下了课就走人。

但王攀元除外，他上课之前与下课之后全待在办公室里，你可以随时在定点找到他。他家住宜兰，每天坐早班的火车来学校，早上没课，他就在办公室的藤椅上看书读报，很少与人打招呼。他的午餐简单至极，只是几根油炸的麻花，通常就着白开水吃。麻花是硬又脆的东西，他的牙齿几乎都快掉光了，吃起来十分费力，他必须把麻花掰开成小段，小心放在仅剩的几颗牙齿之间，先咬后磨再细嚼，两只麻花吃下来得花上很长的时间。我与他相处很久，午餐几乎没看过他吃麻花以外的食物，我不明白他为何非得吃那种东西不可，不能换吃别种食物吗，或者偶尔换换？后来我读梅尔维尔（Herman Melville,1819—1891）写的小说《录事巴托比》（*Bartleby the Scrivener*）时，心里陡然一惊，原来食物在小说中充满象征，这篇小说所描写的巴托比是纽约华尔街一家律师事务所的书记，故事里的他也只吃一种食物，就是姜饼。巴托比孤僻偏执，完全无法与人相处，最后死在疯人院中。王攀元在食物上与他何其相似啊，希望我的老师不要有那么悲惨的命运才好。

　　我与两个同学平常对绘画有兴趣，也会画几笔，常被训导处找去为学校做板报，安排指导我们的老师当然只有王攀元了。我们已上高中了，已经懂得窍门，偶尔会"投机"耍些手段，我们向训导处申请购买比较好的水彩，只要有单据，没有不准的，用剩的就被我们几个人瓜分。水彩罐子打开即使没用完，很快就干了，我们不用，干了就跟报废了一样，因此读高中后，我们几个就有用不完的水彩，连带使我们言行举止也都因这点小小的富裕而自命不凡起来。有时我们会把剩下的水彩交给王老师，要他拿回家用，但他老实，认为那是公物不能拿，但他说如当场使用就没有问题，我们就鼓励他在我们做板报的时候作画，他就不客气地在旁边一张一张地画了起来，他把画坏的当场撕了，几张画得不错的都送给我们。

　　他虽不太会说话，但画画得真好，他有国画的底子，常把画国画水墨的笔法放在水彩画上。罗东当年有位有名的水彩画家叫蓝荫鼎，曾被美国人邀请出国写生，举行画展也造成轰动，被誉为"水彩大师"，当时美国新闻处还特别出过他的画集，他的画不要说在台湾，就是在世界也是很有些名气的。我看他的画，技巧确实很好，他的水彩光鲜亮丽，又有层次感，王攀元的就不是如此。王的画布局简约，色彩结成团状又比较幽暗，他最喜欢画的是几行衰柳，下面一条小船，或是在一片不分远近的原野上立着一栋茅屋，他不是用透视的方式看风景，所以远近对他而言不重要，说抽象也不尽是，他描述的是他心里对外界事物的关照，不是逻辑的，当然更不是客观的。拿来与蓝荫鼎的画相比，蓝的画尽管灿烂又精准，但总觉欠缺蕴藉，不够空灵，这是国画写意派的境界，学西画出身的人是很难体悟这里面的意义的。

　　高中毕业后我看资料，才知道王攀元是上海艺专毕业的，奇怪的是他以前似乎从未提起过。上海艺专在20世纪三四十年代，曾引领国内艺术风气，几个主要的教师，如刘海粟、徐悲鸿、潘天寿、王济远等人，都是主张艺无东西技兼中外的，难怪王攀元的西画充满了中国人的艺术思维。但他命运困蹇，没地方让他一展所长，他很少作画，即使画出来也没人看，他只得像埋身在华尔街的书记巴托比一样，把自己严密地封闭在世界阴暗的角落。

　　然而世事的变化完全出乎人的预料，王攀元到了七十岁左右，突然在岛上大红大紫起来，当然他的画确实有特殊的价值，在"画坛"上应该有他合理的位置才对，他被"埋没"了太久，社会理当还他一个公道。不仅如此，他越老越受人看重，直到今天已经接近一百岁了，据说还在创作不休，真是老而弥坚呀。我听说他一张小幅的水彩，现在市值三十万至五十万新台币，而油画更贵。

　　自从他的"市值"提高后，我们要去见他就困难了，事先必须通过好几层"关卡"，再加上他重听得厉害，说话即使用喊的，也不见得听得进去，想想又何必呢？知道他被照顾得很好，就不再去见他了。不过这种"暴起"之势，他自己起初也很不适应，他要那么多钱干什么呢？镁光灯与金钱是最容易扭曲人的性格的，但人一掉入那个陷阱，就很少能挣脱得出来，否则怎么叫它"名缰利锁"呢。二十多年前，那是他正"红"起来的时刻，有次他在台北仁爱路的名人画廊举办画展，晚间参观的人走光了，我陪他走回他暂住的地方，在路上他一边抓着我的手一边跟我说："怎么像梦一样啊！"

　　世事确实像梦一样。回想我中学的几个老师，那个疯狂的法云和尚早已过世，除了那个表演被杀吓出一身冷汗的小孩，现在应该已没几个人会记得他了。教我们背书的张鸿慈老师也过去了，记得他的学生应该比较多，因为他做过长时间的导师，与学生的关系较深，但记得详细的也一定不会太多。有一次我问古朝郎还记不记得张老师教我们背"有弗学"的事，他说背书还记得，但背的是什么已无任何印象。可见人的记忆各凭好恶而有所选择，想记的会记下，不想记的很快就忘了。心理学家说常人的记忆是既不公允也不正确的，记忆如不正确，记得与否，当然就不是那么重要了。

在我书房的一面墙上挂着王攀元老师早年送我的一幅水彩，上面画的是一轮红日，我常在这幅画前凝神沉思。它有强烈的暗示作用，又有丰富的启迪意味，但它也同样让我困惑，我甚至不能断定画中的太阳是旭日或是落日。同样地，我们所面对的纷纷世事，有的再清楚不过，有的虽清楚却无法不启人疑窦，像是成功与失败，掌握与失去，荣誉与羞辱，哪个更接近人生的真实？这样的问题，我总也找不出答案来。

（选自印刻文学生活杂志出版公司2009年出版《同学少年》）

No.

游　戏

一

　　我们四个人各躲在预先说定的位置，我现在已经忘记这个游戏是由谁最先提出的，其实另外三个人的姓名和容貌，我也都记不太清楚了。那时我们还是上初中的小孩子，大约是暑假过后刚升三年级的时候吧，在下课的时候，我们喜欢合起来玩一些具有试探的，或者可以说是有冒险意味的游戏。我们各躲在事先约定的位置，我说好是躲在一棵大树的后面，另一个同学躲在另一边的树后，两棵大树中间是一条只容两个人走的小径，还有两个同学则躲在这条小径通往福利社那头弯道的墙角。我们不在操场和大路上玩这项游戏，一半原因是在那里没有理想的遮蔽物，使我们很难躲藏；另个原因是操场和大路上的人太多，这个游戏根本无法玩。

　　游戏的方式是由我们四个人之中的一人拿出五块钱或十块钱的钞票一张，那时新台币的十元和五元都还是纸钞形式，还算是一种"昂贵"的货币呢，任何人身上有就拿出来是啦，并不会花掉，游戏一完，钱还是回到出钱人的手上，是没有什么损失的。我们把钞票放在那条很少有人走，但一定会有人走的小径旁，然后躲在各人说好的地方，观察路过的行人对这张钞票的"看法"。

　　一部分人专心走路，并没有发现小径上躺着的这张钞票，有些人看到了，会捡拾起来，看看四周没人，就匆忙地把钞票塞进口袋，装着没事地跑离"现场"，有时候是几个人一齐发现了钞票，必定有一个人将它捡起来，就和同伴商量，该如何对待这张不属于他们的东西，其结果不出两个，一个是联合送到训导处，训导处下午就会在公告栏里贴出一张"拾金不昧"的布告，每个人记嘉奖或优点一次；另一个则是决议"瓜分"这张钞票，立刻到福利社去消化了它。

　　无论拾获的人打算如何，这张钞票并不会给他真正花掉的，原因是小径拐弯的地方躲着两个我们的人，他们会去"拦截"他，告诉他这张钞票是我们用来测验他的，他通常会很爽快地把钱丢下，然后羞愧地跑掉。如果是一群人拾获的，则我们两个躲在前面的也会跑过去，他们看我们人多，即使人不见得比他们多，他们也会还钱的，因为我们试验出的一个结果是，拾取不属于自己的财物，不管打算拿来做什么，心都是有点虚的，他们通常不会义正辞严地跟你争执下去。

所以我说我们不会失去那张钞票的，直到上课钟响，我们就回教室上课，我们从来没有失去过。我们玩这个游戏现在想起来，心里是十分复杂的。每个人见到钱财，都会起贪念，都想占为己有，这是这个测验的结果。打算拾金不昧的，通常是几个人同时发现，因为不好独占，只有"不昧"了；如果能够独占，那人是会设法吞掉它的。

有一次，一个孩子发现了钞票，为了不让他同伴看到，他用脚踩住它，借口说系鞋带，等同伴走到前面之后，他匆匆地把钞票捡起来，放进自己口袋，若无其事地走回同伴中间，这种人我们最为痛恨，他后来受到的惩罚也最深，因为在小径的尽头，我们的人会逼他把钱"吐"出来，他藏钱的行径，也会被他同伴看轻，很可能再也不和他说话了。我们认为给贪婪者一些处罚是对的，只是这处罚，是不是太重了，当时我们都没有想到。

这个游戏其实在证实人性中贪婪、物欲的一些本质，当时我们年纪小，并不知道如何分辨所谓天理和人欲这类的含义，也不知道择取的方法，我们的兴趣是以一种检察官或法官的态度来"面对"我们掌握了证据的罪犯，我们逼他交出拾获的赃物，以道德训诫的口吻警告他的过恶为正义所不容，只要他承认了他的错，并且表示不再犯，我们会原谅他，让他感激不已地跑开。有些人死鸭子嘴硬，不承认他犯的错，我们就会用各种恶毒的语言羞辱他，甚至威胁他，说我们是训导处指派的人，目的在考察学生的品德操守，而训导处是受命于警察局的，总之我们的牛吹得愈来愈大，最后总要使他承认他的罪行。在他认罪之后，我们就把谴责的语气变成安慰，要他不要太过紧张，我们是经过"授权"可以原谅他的。

事实上我们是在制造一个犯罪的陷阱，让那些原本不打算犯罪的犯罪，让那些原来没有贪念的人动起贪念来。游戏的高潮在后面的警告与谴责，我们自居于执法者，来恣纵我们畸型的惩罚权力，我们并没有这项权力的，但在落入陷阱的人前面，我们所站的高处位置使我们很自然地拥有那项权力。

一个和我同村的小男孩，刚入学的初一生，名字叫作春雄的，他的父亲是里长，家庭相当不错。有一次，他竟然落入我们的陷阱之中，在小径的末段，被我们拦截下来，当他看到我的时候，我永远难以忘记那个出自小男孩脸上惊恐的表情，因为他是认识我的，他除了担心学校和警察局给他的威胁，更担心我会把这消息告诉他家人，他的父亲在村里有地位，必定不会饶恕这种有辱家声的罪行的。我到今天还记得，他看到我之后不但立刻交出了钱，整个身体像瘫痪了一样的倒在地上。就是等到我们发觉不妙，告诉他整个事情其实是场骗局、是个不折不扣的玩笑之后，他仍然瘫坐在地上，用完全无助的眼神看着我。

二

这个游戏玩了一阵后，我们的意兴逐渐阑珊起来。原因有部分是高潮总是和预期一样，久了就没有什么意思了，另外，我们对别人的惩罚，却反过来凌辱起自己米了，这是我们在最初"设计"这项游戏的时候所万万没有想到的。有一天，我们把一张可以算是相当新的红色拾元钞票，轻放在小径的草丛边，钞票是红色的，只要一角露出来，就可以吸引别人注意，当我们将所有安排好了之后，想不到跌进我们陷阱里的不是别人，竟然是我们的导师。令我们难过的是，他完全依照常人的"模式"捡拾钞票，一点都没有什么不同，在他捡起钞票之前，他犹疑了一下，四顾无人，他迅速地将钱塞进他的裤袋里，他是我们的国文老师，平日有点道貌岸然的样子，但在面对钱财的时候，却和一般贪心的学生并没有任何相异之处。

这是我们第一次失去那张游戏用的钞票。他是老师，我们总不能在路尾拦截他，叫他吐出他的贪婪所得，然后对他施以惩罚。但这还不是这个游戏结束的最大原因，我们最后决定不再玩这个游戏的是另一个故事。跟我们同样是初三的一个女孩，她是我常年倾慕的对象，她长得相当漂亮，眼睛不大但浑身白皙，她的动静举止，总让人觉得有点不食人间烟火的味道，我从来没有机会和她接触，连一句话都没有跟她说过，她当然不知道我在暗恋着她。后来我才知道，暗恋她的不止我一个人，我们四个之中，另外两个也对她是十分仰慕的，因此，我们四个人中间，只有一个是和她没任何"关系"的。

千不该万不该她不该走那条小径的，我们也不该正好在之前设好了陷阱，发现是她的时候，我们都已埋伏好，已经阻止不了事件的发生了。她看见那张钞票的时候，我心里想，怎么是你啊！怎么是你啊！心里一直喊着："千万不要拿，千万不要拿，那是一个陷阱呀！"她用脚踩住那张可能飞走的钞票，那天风很大的，她和别人一样用目光巡查了四周一次，然后慢慢弯身将脚尖的钞票拾起来，巧妙地将它放进她黑色褶裙边的暗袋里，然后快步离开，生怕有人发现了她，当时我的心几乎碎了，这次瘫痪的是我，我蹲坐在我藏身的树干之后，一直到上课钟响，我都无力站起来。我终于知道暗恋她的不止一个，那两个负责拦截的也同样瘫在他们躲藏的地点，没有对她进行任何的盘查，更没有惩罚她，让她从从容容地走出我们的游戏场。惩罚并没有消失，只是像天道循环似的，对象转成了我们。那个唯一没有心事的同伴从树后跳出来，大声戾责我们为什么没有拦住她，我们后来也失去了这个朋友。

从那次之后，我们再也不玩这个游戏了。人在某个角度看来确实是丑陋的，但让这个丑陋显现出来，到底有什么意思呢？我们能够改变它吗？如果丑陋是存在的，所谓改变，也只是指用层层外衣包裹住，让你见不到丑陋罢了。丑陋其实是隐藏在更深更远的心里。那场游戏，不知道对其他人产生了什么影响，对我而言，确实让我在十五岁左右的年纪就体会了人生最深沉阴暗的一面，但这种体悟，到底有什么好处呢？这是我直到今天仍然想不出结果的问题。

年纪大了之后，我看到日本作家三岛由纪夫的小说，发觉他许多故事和我少年时候的这个经历是相同的，我跟朋友说起这场游戏时，朋友都称这是个"三岛由纪夫式"的故事。

　　许多年来，因为所学与所事的不同，我与少年时的同伴已不再有联络。有一年，母校在庆祝三十或四十周年的校庆的时候，同时举办了校友会，我凑巧有机会参加，我期望在会上见到一些初中时的同学，然而可能因为时日相隔太远，没有什么相同的记忆相联系，所以即使相见，也不怎么能相识了。倒是意外地见到了曾经被我们羞辱的那个名叫春雄的初一生，现在他的个子长得十分高，大约比我高出一头的样子，身体十分壮硕，他见到我还认得我，因为小时候我们住在同一个村落呀。他告诉我他现在从事进出口贸易，自己开了车来，会后如果我愿意，可以搭他的车回台北。我趁一个机会问他还记得那次我们折磨他的事情吗？我脑中挥不去他瘫坐在地上的影像，我告诉他，我们对他所施的惩罚，事后不断地"转移"到我的身上，我深深地觉得少年时候的游戏是错的，想不到他听了我的叙述之后，竟然惊讶万端地说："有这个事吗？怎么我一点记忆都没了呢？"

　　没有记忆，就得不到原谅。这场少年时游戏所造成的罪业，其他三个人我不知道，在我这边，可能要一生才能赎还。

　　　　　　　（选自尔雅出版社有限公司2007年出版《风从树林走过》）

躲藏起来的孩子

—

我们第一个孩子是女儿，生下来圆圆滚滚的，我们就叫她球儿。球儿生在年底，没多久就过年了，屋外鞭炮声震天响，而她却安睡如一，从来没被惊醒，妻一度怀疑她是不是聋了。这样担忧了好几个月，后来我们在她前面摇铃击鼓，她终于也会眨眼睛了，在她后面叫她球儿，她也会回头找你，然后咧着嘴笑，我们才知道她不是聋子，才放下了心。但终于知道，她总比我们预期的慢一些。

这个慢包括了解和学习。球儿对世事人情的了解总比别人慢，譬如孩子在某一个年龄就知道察言观色了，而球儿却比别人自得迟钝，我们有时对她使眼色，比她小两岁多的妹妹都了解了，她却浑然不觉呢。至于学习，她不仅缓慢，而且错误百出。她在会讲话之后，我们就试着教她背些诗，当然也跟她讲些故事，以加强她的记忆。孩子所能了解的，多数是具体的事情，譬如眼睛能够看到的东西，嘴巴能够吃到的食物，鼻子能够嗅到的气味，耳朵能够听到的声音等，中国诗里面，要算陶渊明的诗是最具象的了，他诗里所写的东西都明明白白，亲切易懂，当然陶诗也有"微言大义"，极具寄托的地方，但与其他诗人比较，他的"寄托"也浅显很多。我们教球儿背诗，大多以陶诗为主，中间偶然夹杂些《唐诗三百首》里意义浅近的小诗，还有故事性比较强如《木兰辞》等的古诗。

诗背了几首之后，球儿就犯错了。她经常犯的错是把两首诗弄混了，譬如她原本在背陶渊明《归园田居》中的那首"种豆南山下，草盛豆苗稀"，等她背到"晨兴理荒秽，带月荷锄归"这句的时候，突然接下句："归来见天子，天子坐明堂。策勋十二转，赏赐百千强。"她把《木兰辞》硬接在《归园田居》的下面了。

这样的错误经常发生，后来我们发现，她对我们要她背的诗是完全无法了解的，这一堆押韵而无意义的话，对她而言只是一种声音的连缀罢了。她为什么把《木兰辞》接续《归园田居》呢？原来出于那个"归"字，她并不了解"归"的意思，她只知道"归"的声音，《木兰辞》"归来见天子"前面是"将军百战死，壮士十年归"，和陶诗"晨兴理荒秽，带月荷锄归"正巧都是以"归"这个声音收尾，所以她不犹疑地用"归来见天子"接下去了，这表面看起来荒诞的事，其实在球儿这边，是有着相当坚实的逻辑的。

但当时我们做父母的还年轻，并没有细细思考这个原因，我们对球儿的表现，是相当以为憾的，她的记忆与她妹妹比较明显逊色。有一次她在结结巴巴地背李白的《月下独酌》："花间一壶酒，独酌无相亲。举杯邀明月，对影成三人。"她背到"对影成三人"这句的时候，就在这句上面三复斯言，徘徊不去了，"下面呢？"我问她，她怎么想也想不出来，倒是在另一房间的妹妹，刚才还在哭呢，突然用她说不清楚的话接下去说："月既不解饮，影徒随我身。"球儿和我都因此而笑了起来。

二

后来，球儿逐渐长大了，终于上小学了。小学就在我们住家附近，她的级任老师姓谢，是个中年的女性教师，谢老师很喜欢这个在她口中长得白净又胖胖的乖小孩，常叫球儿做事。有一天谢老师点球儿的名，叫她到保健室去拿她这班的健康名册，想不到球儿在学校迷了路，大约过了一个多小时谢老师才把她找到，球儿还在每间房间门口张望呢。后来球儿告诉我，说老师要她到"宝剑室"拿点名册，她想宝剑室就应该挂了很多电视剧里的宝剑的，想不到没有一间房间是挂着宝剑的。

如果骤下判断，我们球儿确实是反应迟钝，应属于"不怎么聪明"这一类的孩子了。但细心想想，一个初入国小的孩子，怎么知道学校不该有个"宝剑室"而只有"保健室"呢？想到这点，我们便为球儿的迷糊觉得无所谓了，她的"迷糊"在于她对她不清楚的声音，寻找一个她认为合理的解释，而问题是她的解释与客观事实是有所出入的。

后来我们搬家，在上三年级的时候球儿不得不转学。在转学之前，我和妻商量，球儿和妹妹原本有希望转入一家离我家不远，又属于"名校"的学校就读的，但后知道要转入这所名校还须一番手脚，又想我们球儿的反应常常比别人"奇怪"，成绩在一般学校当属平庸，到这个名校之后，则非殿后不可，因此就决定让她在我们家附近的一所国小，这所国小由于风评不是很好，学生人数就比较少，那所"名校"每班平均将近六十人，而这所学校，每班则只有三十余人，当然比较富于"人性"，我们就决定让她读这所具有人性的国小了。

　　球儿在这所学校中，成绩大致维持在中等水平，没有哪一科是特别好的，也没有哪一科是太过差的，在一个风评不是很好的小学成绩既是如此，则进入国中后恐怕就不可乐观了，我们只有以球儿开窍比人晚来安慰自己，我告诉妻我小时候成绩一塌糊涂。有一学期，我几乎每天被一位女老师修理，家里也不责怪那位老师，因为我在学校的表现实在太差了，后来读初中，还曾经留级，人家三年毕业，我硬是读了四年，我少年时的表现，确实不光彩极了。我们球儿和我比起来，恐怕还真的强上几分呢。我后来在读书方面的总成绩还算可以，所以我们球儿也不该差到哪里去的。她可能跟她那可怜又可恶的老爸一样，要到很久很久之后才体会该怎么念书的，我们只有尽往好一点方面去想。

　　球儿在五年级的时候，我们送她去一般琴行所办的儿童音乐班，音乐班是小班教学，她表现得很好，老师建议让她去学钢琴，由于我本人喜欢音乐，她既被老师称赞，我们就二话不说地替她寻访名师了，结果找到一位在光仁中学音乐班任教的杨老师。学琴一段时间之后，她们师生相处甚契，球儿被杨老师称许，说："你看她这么小的年纪，弹起琴却有大将之风呀！"我对弹钢琴虽然是外行，但听过的唱片倒是不少，球儿弹琴经常犯错，记谱能力也不顶好，不过一首音乐如果记熟了又弹熟了之后，确实有一些和别的孩子不同的地方，她弹得比人家"连贯"一些，而且起伏强弱，好像不经老师特别指点，就有体悟，这可能就是杨老师说的"大将之风"吧。

从此球儿就在杨老师那练琴，一直到她考进光仁中学音乐班，经过国中、高中共六年，在她进入大学之前，她一直跟着杨老师。想起来，杨老师应该是她在成长过程中影响最久最深的老师了。

三

说起球儿进入光仁中学音乐班，其实也是一次偶然。球儿在国小虽然成绩中庸，但毕业是不成问题的，当时我们为她"升学"问题也伤了点脑筋，当然她可以不经考试就升入附近的国中就读。都会区的国中，老实说是良窳不齐的，有的国中管理得好，有些管理得差，管理好的学校通常升学率也较好，管理差的学校，在升学率上也往往乏善可陈了，这一点我们不能不考虑，因为我们球儿不算最差，但也绝对不算是成绩好的学生，她大多数时间不晓得自动读书，也不晓得用什么方式用功，这时杨老师就建议我们带球儿去考考光仁音乐班，光仁音乐班并不好考，能够考进的学生大约只有十分之一，因为是考国中部，所以除了钢琴之外，就不考其他的，结果球儿顺利考中了，这是球儿一生中首次的"胜利"。我们为她高兴，但随即我们跌入了一个困惑的"长考"之中，究竟该不该让她进音乐班呢？

妻和我都喜爱艺术和音乐，我们孩子之中有人选择做个音乐家，照理说我们应该不会阻止的，但读音乐班并不表示她一定做得成音乐家。一旦选择读音乐班，就必须勇往直前，不太容许再走其他路子了。因为音乐班里，光是主修的钢琴，每天就要练两三个小时，还不加上副修，孩子如专心练琴，就不能好好注意一般功课，一般功课不好，她就不能再有机会选择其他的升学管道了。假如我们球儿在读了两年音乐班之后，突然不想练琴了，这时她的一般功课已落人一大截，该如何准备考高中呢？

我们的顾虑是有道理的，但是从另一个角度思考，人生虽然漫长，所能选择走的道路其实有限，机会再多，也只能选择一个，当确定路径之后，其他道路就显得无甚意义了。我们还是跟球儿讨论，想听听她的意见，她相当强烈地表达她想进音乐班的意愿，后来我们想，她在小学的时候，很少在成绩上获得奖励，现在有学校肯定了她的分数，让她"打败"了很多人，她自然会选择光仁了。

我们后来决定让她读音乐班，可能也是在疼惜她的心情之下。球儿终于在新制服、新书包、新发式下进入了那个欢迎她的音乐班。我直到今天还记得我们的球儿，穿了一身新，脸上飞扬着喜悦，挥着她白白的小手，隔着车窗向我们挥手，她带着兴奋和憧憬，搭车到光仁参加新生训练，从此展开她一个全新的人生。

这种欣喜并没有维持多久。光仁是一所办学相当优异的学校，音乐班的师资好、程度高，相对地，他们对学生的成绩也要求得颇严。我们球儿在入学后的第一次月考就连获几科红字，我们期望这只是她适应不良的缘故，也许在下次月考就会改善了，然而接连下来的几次月考，她的成绩都不好，每次总有几科不及格，和同班其他同学比较，确实令人汗颜。（他们学校的成绩单是全班成绩并列的，到国三及高三时，更将全年级的成绩列入总表。）

到了国二之后，情况更为严重，我们球儿的成绩单上，红的竟然比蓝的多了，她不仅英文、数学、理化会不及格，历史、公民有时候也会不及格，妻为此忧心如焚，我们为她请了家教，主要教她数学，她还是跟不上，后来干脆放弃数学。于是教她读其他比较容易拿分的科目，譬如历史、地理等，只要红字在范围之内，不再朝外面过分泛滥我们就满足了，这样有时有效果，有时没有效果。

我本人在读国中的时候曾经留过级，也许出于自卫的心理，我对球儿的成绩表现，起初还是相当"豁达"的，我认为我们球儿可能跟我一样，是属于"大器晚成"类的。（虽然自知自己迄今一事无成，但盼望球儿不是如此。）不过后来的发展，连我都不太能够豁达下去。球儿从国中到高中都读光仁音乐班，老实说她不得不继续读光仁高中部音乐班，原因是她的成绩完全无法应付校外的考试，她的成绩，就是私立高职都不见得考得上的，因此，就读音乐班，后来打算成为音乐家，在别人而言，可能是众多选择中的一项美丽的选择，对我们球儿而言，只有这条路好走，是这个命运选择了她，除此之外，她无路可走，无处可逃。从这里看，同样读音乐班，我们球儿的处境，是多么可怜而不得已了。

我们球儿虽然憨厚（这是反应迟钝的另一个解释），但绝不是没有感觉的人，她也有爱恨，也有同情和忌妒等心理活动，而且有时候，她因成绩不好被迫自居于孤独的地位，她的心情起伏就比其他同年的孩子更大，对父母而言，孩子的这些遭遇，是个极大的痛楚，而在孩子面前，却又要强颜欢笑，不作任何表现。举例而言，球儿因为成绩不好，她在交友上一直没有"高攀"的机会。班上成绩好的同学虽然彼此竞争，但在对成绩坏的弱势学生之间，他们却是严守着一些不可逾越的"防线"的。也就是"好"学生从来不和"坏"学生来往。球儿每当生日之前，都会兴奋地告诉她的同班同学，跟我们商量办一个生日会，邀请一些同学来参加，她在国中时，还会有一两个同学来，到她进入高中后，竟然没有一个人来，每次在布置好的房间里，在放满鲜花、糖果和蛋糕的桌前，我们的球儿不时看着表，不时自言自语："真奇怪，昨天明明答应我的呀！"她在找寻理由："也许因为车挤，会识到的。"结果即使迟到也超过了时间，她只有打电话，原来对方不打算来了，当然说了一些不算理由的理由，我们球儿在这儿边哭边说："你早就答应了我呀！"

这样的情况看在我们为人父母的眼里，真是别有滋味，我们不能骗她，也不能把实际的状况告诉她，使她受伤更深。实际的状况是什么呢？孔子曾说"无友不如己者"，球儿同学事实上在做着某些呼应孔圣人的诫论，又切合西方进化论"适者生存，不适者淘汰"的理论的行径罢了。

球儿在光仁高中三年之中，每到学期末了，都濒临留级的边缘。说边缘，其实是客气了她，按照学校的章程，她都"确实"该留级的，但在特别为她们音乐班所设计的辅导与补考中，她又侥幸地过了关。幸亏她不是那么脆弱的孩子，否则那个气氛足以使她变成疯子。有一天，球儿兴高采烈地回家告诉我们，说教官夸奖她旗升得很好，她们学校规定升旗手必须是班上的精英分子，我们球儿为什么能够担任升旗手呢？原因是那天早上下了场雨，正式的朝会取消了，后来天放晴，教官找不到她班上的旗手，只有叫球儿和另一个同学把旗升上去，球儿满怀信心以为从此之后的一个礼拜，都会由她升旗，晚上她在家里，还演习着升旗的礼仪，叫妹妹唱着旗歌，她有模有样地将想象的旗帜挂在她卧室的窗帘绳上，然后一点一点地升上去，……第二天天气放晴，原来的旗手走上升旗台，当然没有我们球儿的事。

成绩上和交友上的屈辱，使球儿在中学求学过程中受尽折磨，唯独音乐给她一些安慰，一些鼓励。球儿练琴并不勤快，后来困于学业，为了补习功课，也使她分神，然而她在钢琴上面，确实表现不凡，与其他成绩比较，则显得杰出了。不仅如此，她辅修大提琴，也表现得颇为不错。有一次她演奏巴哈无伴奏大提琴组曲中的一段，竟然有几分皮耶·傅尼叶的味道。我们球儿在教育中受到的伤害够多了，只有音乐可愈合她的伤口，洗涤她的灵魂。是不是真的如此，我们不知道，但我们只有这样期望了。

四

高三毕业，球儿面临一个极大的关口，那就是升学了。很简单，我们球儿在音乐班读了六年，如果不能升入大学继续深造，则她所学根本是浪费的，因为，就算她钢琴弹得好，总没有人请一个只有高中毕业的老师教授钢琴吧！而成为职业演奏家，在台湾则断无可能。但我们必须明白球儿的实力，以她每年都得准备留级的情况，要和一般人竞争挤大学窄门，那当然比登天还困难。

到底该怎么办呢？其实我们完全不知道"怎么办"，我们只有调整心态去面对我们的现实，这是我和妻讨论的结果。球儿高中毕业了，她进不了大学，是她命中注定的。高中毕业进不了大学的其实不在少数，那么进不了大学的，难道都宣告被判了死刑了吗？社会是多元的，任何事都可以做，不见得每条都是好的"出路"，但都不失为一条道路，既然是人，就只有一步步地走下去。球儿高中毕业，到电子公司去做个装配员也不见得不可以，到百货公司就做个售货小姐也未尝不可，学了八年的钢琴不是白费了吗？其实学习并没有白费不白费的问题，如果从实用的角度看来，中学所学的数学、理化，乃至英文、史地在社会能用到的地方少之又少，无一不是白费，但生命长久，那些无用的东西，在某一天还是会真正发生用处的，球儿所学的钢琴，亦可如是观。这时刻，安慰我们夫妻的是陆象山的那句话："某虽不识一字，亦不妨我堂堂正正做人。"我们球儿比陆象山说的好多了，至少她是认得字的。

想不到路走下去，竟然有峰回路转的机会。在球儿毕业前夕，教育部公布了音乐、美术科系甄试入学的办法，所谓甄试入学就是教育部特别为一些在音乐及美术学科上有天赋的学生举行一种特殊管道的升学考试，在这个被俗称作"保送入学"的考试中，当然要考一般大学入学的那些科目，但术科所占的比重比较大。我们球儿也参加了考试，考试结果我们不大敢问她，原因是她从小学毕业后，参加的任何考试几乎都是令人伤感的经验，为了避免她不快或辞穷，我们都养成了尽量不问她的习惯。

隔了约莫一个多礼拜，竟然传出了令人兴奋的消息，报纸上公布了甄试的结果，我们球儿被录取了，她被分发到最后一个志愿——私立实践家专的音乐科，我们全家都高兴极了。当年实践的音乐科全部只录取了一名，而师大、东海、东吴等大学的音乐系，也只收录了三四名，其中钢琴组占的名额更少，球儿的很多同学都没有考上，所以她考上甄试确实是我们家庭近数年来最大的喜讯。妻在服务的学校，平常默默教学，球儿的喜讯令她买了许多苹果，办公室同仁每人一个，可见她的心情。一位她的同事打电话给我，说："从来没有见过大嫂这么高兴呢！"我当时心里所想的是杜甫的诗句："却看妻子愁何在，漫卷诗书喜欲狂。"她此时的喜乐，足以见到她平时的压抑与苦闷了。

但是其中又有波折。在报上刊出消息过后的第三天上午，我竟然接到了一通自称是办理甄试考试人员的电话，他在问清楚我是球儿的家长之后万分抱歉地告诉我："实在对不起，周先生，是我们的业务失误，我们向您致最大的歉意，请您千万要原谅我们……"接下去的，我不愿意听了，原来球儿被录取是一项作业的错误，我不知道该如何告诉早上离开我时还喜孜孜的妻子。还有昨晚用电话和朋友聊了一个整晚的球儿，……"周先生，您还在听吗？"我说："是的。""是这样的，令媛被分发到实践家专，是我们的作业错误，我们向您道歉，周先生，我不知道该怎么讲，还是实话实讲好了，令媛的成绩应该被分发到东海大学音乐系的，所以我们现在已经改分发了，她不久就会收到东海的入学通知，但我们向您致歉并请您原谅的原因是，我们这次更正不在报上刊登，也不再向媒体发布消息，希望您了解我们的苦衷……"不久光仁中学教务处也来了同样内容的电话，袁中郎形容官场的变化："一日之际，百暖百寒，乍阴乍阳。"用来形容我当时的心情真是再恰当不过了。我故意隐忍着这个更令人高兴的消息，不打电话给妻，打算晚上她回来才告诉她，但这种忍耐，确实极为困难，大约中午时分，我就把消息告诉给她了。

球儿读了东海之后，神情面貌，和她在中学时代有极大地转变，东海音乐系的功课要求在台湾一般大学音乐系中是属于比较严格的，但音乐系的功课，都跟音乐有关，我们球儿应付起来，就比较愉快，所以她的成绩就好了。因为她的个性合群而快乐，又喜欢帮助人，所以学长学姊以至班上的同学们都对她很好，她突然结交了许多朋友，她高兴极了。她在大学的学习与生活中重拾了她丧失已久的信心，与其说重拾了信心，不如说她重建了她以往没有的信心。有了信心的孩子，自有一种光彩，这种光彩，是任何化妆品都加不上去的。

五

球儿后来从东海毕业，她把录音带寄到美国申请学校，尽管她的托福考得不够好，好几所大学来信说愿意让她入学读研究所，最后她选择了位于美国首府华盛顿附近的马里兰大学，在马里兰她读了两年，以相当好的成绩毕业。她毕业演奏会我和妻从台北赶去参加，我们球儿还是跟在台湾一样的，偶尔在言谈中显示机智，但大多数时候，她是宁静的。她的母亲知道她还是跟小时候一样容易紧张，她坐在钢琴前练习时，要不时用手帕擦手，一条手帕，不久就很湿了，她就替她换上一条新的，然后小心地帮她把她脖子上的汗擦去。球儿坐在练习室里，心中有些急躁，这跟她刚换上的演奏服装有关，当然大的关连在于，她觉得在外国人面前不能丢脸，而父母的来临更给她大的压力。

演奏会相当成功，她的指导教授说是"Perfect"，球儿并不满意，她觉得她在几处演奏中犯了错，有些地方又含糊了些，但她老师说那些错即使大师也会犯的。一位音乐系的老教授，系里学生都叫他"祖父"，用手紧紧抱起了球儿，连声叫了两次球儿的名字，他说："Why do you hide yourself?"

是的，Why do you hide yourself? 为什么你把自己藏了起来呢？球儿进了大学之后，确实比以前开朗许多，但整体而言，她还是太静默了。她学习的是钢琴演奏，她应该爱好表现，虽然在非要表现的时候，她还是表现得很好，然而绝大部分的时间，她是害羞而静默的。这个静默不见得要解释为退缩或逃避，也许一时的静默包含了后来更大奔腾的可能。

不过我知道真相是什么，整整历时了六年或者更久，我们的球儿一直是在学习的困顿和屈辱中度过的，这使得她在重建自信时候备极困难。六年中学生涯，是她一生成长的最重要的时段，这时的教育，却使她受伤，使她抬不起头来。她习惯把自己放在层层帘幕的后面，以避免伤得更重，虽然她后来被人肯定了，但是在她心灵深处，仍然有一股阴影，这是她胆小、害羞、静默乃至躲藏起来的理由。

我常常想，教育的目的是什么呢？教育应给受教育者知识，这些知识应该是教导孩子发现自我、肯定自我，教育应该想办法造就一个人，而不是摧毁一个人，至少使他自得、使他快乐，而不是使他迷失、使他悲伤。我们的教育是不是朝这方面进行呢？答案是正反都有，我们的教育，让"正常的"、成绩好的学生得到鼓舞，使他们自信饱满，却使一些被视为"不正常的"、成绩差的学生受到屈辱，让他们的自信荡然。凭良心讲，那些被轻视的"不正常的"、成绩差的孩子比一般孩子是更需要教导，更需要关心的。然而我们的教育，却往往把这群更需要教育的孩子狠心地抛弃、不加任何眷顾。

没有一个孩子是可以被放弃的，这一点家长和孩子都要记得，在教育的历程中，没有一个受教育的人是该被放弃的。父母放弃子女是错的，教师放弃学生是错的，而孩子本人，更没有理由放弃自己，因为"自暴自弃"，就不只是教育没希望，而是人类没有希望了。

我知道球儿好不容易建立的信心，其实还是脆弱的，还需要经过考验的，她还是会随时随地、有意无意地躲藏起来。直到她有一天告诉远在俄亥俄州的辛辛那提大学愿意提供她奖学金，让她修习博士学位。我问她那所学校如何？她说："那所学校的音乐系，在全美音乐系的排行上是Top10呢。"

"那你还会不会像那位祖父教授讲你 hide yourself 呢？"我在电话这端问她。

"开玩笑，要躲也躲不起来了。"她在电话那端笑着说："我如果躲起来，他们怎么知道我弹得好呢？"

（选自尔雅出版社有限公司2007年出版《风从树林走过》）

附　记

　　在第一辑中选了八篇文章，大约谈的是有关我自己的童年，或青年之前的生活，最后一篇是谈我女儿。我生女儿的时候，已远离我的少年时代，但文中所描述的"主人翁"我的孩子，当时还在受教育的阶段。所以这一辑的文章，不能全以我自己的年纪为计，而是所写的，大多人生命，比较属于生命的起始状态。

　　第一篇是《风的切片》，写的是我在童年随姐夫的军队到台湾后的经历，当时的台湾极为残破落后，尤其我们住在僻远的乡下。但可能是命运的安排吧，我此后将在这个当时物质与精神都极度匮乏又历经了无数羞辱的岛屿度过我的一生。这篇文章后面提起欧洲重要哲学家康德与斯宾诺莎，一生都住在很小的区域，也从没有展开过很豪壮的旅程，却也不影响他们在思想上成为伟大。我回顾我的一生，并没完成什么伟大的学问与事业，这是我天资与努力都不够的缘故。人把一切成败都归之于环境，是有问题的，他忘了人是有意志的，困境有时会成为人向上的动力，所以我们对生命中的磨难与阻碍，也不要刻意排斥，这一点，从事教育的人更要有所认识。一帆风顺当然好，而挫折或失败对人生而言更是重要，孟子所说"困于心、衡于虑，而后作；征于色、发于声，而后喻"，便是这个道理。

第二篇《启蒙材料》，是我几年前应台湾《文讯》杂志所写的文章，主题是谈作者"文青"（文艺青年）时代的生活。由于有限字数，不能开阖弘肆、畅所欲言，但放在这儿，可以对我一生所从事的事，先做些概括性的解说。

我的童年很糟，很早没了父亲，母亲在我十四岁的时候也死了，更糟的是我碰上的是1949年前后横扫中国的大动荡，家与国都在垂危中挣扎。我小时除了偶尔受到大人过当的管责之外，就是毫无顾惜地任我自生自灭。我一切都匮乏，几乎要什么没什么，有时连基本生活所需都欠缺，但我有许多人都没有的自由，因为没有人在乎我，我可以不读书，当然发了神经（大人对我的看法），也可以废寝忘食地阅读，而读哪些书也没人管我，因为四周的人不懂或无心理会。假如读了坏书跟着学坏了怎么办？很有可能的，幸好我没学坏，或者照大人说的没有学得太坏，大量的阅读让我体会中西文化是有差异的，但相同的部分也不少，有些相同可以相互"印证"，有些不同，可以相互"补足"。一天我在读了莎士比亚《李尔王》之后，对我以前不是很懂的一句唐诗突然懂了，我在历经苦难看懂了一幅梵谷的画之后，对中国画论中所说的"意在笔先"有了深切的领悟。在求学的路上，有些曲折的行径让人觉在浪费时间，其实没有，人生很长，一些看起来毫不重要的东西，有一天也会发生功用的，所以当路走慢了，因曲折而走长了，是一点关系都没有的，千万不要着急。

后面几篇文章，谈的是我少年时代遭遇的事，大多是失败与挫折。《探索》谈的是少年对性的好奇与渴望，《体罚》写的是我少年时受责罚的经验，《白鸽》写的是我读初中时因成绩不好而留级的事。我小时候，留级是极大的屈辱，一留级就成了世界的笑柄或"全民公敌"，人人得以诛之辱之，不论家庭与学校，一点生路都不给的样子，可以说是悲惨极了。事情经过了很久，我想这是对的吗？我有一次因小病住院，与几个患同样疾病的"病友"住一间病房，其中一位我住进去就痊愈出院了，一位等我出院他还没出院，一问是他对某些药物有适应性的问题，耽误了治疗，所以要住久一点。我想起我小时跟几个同学留级的事，我们岂不是因为对教材或教师教育的方式适应不良吗？病患的家人应该跟医院与医师好好配合，以找出病源彻底治疗为务，怎能对已经被疾病折磨的受害者再次责罚呢？

《有弗学？》写我中学时候的三位老师，一老实、一癫狂、一沉默，都有很特殊的人格特质，用一般的标准来衡量，他们都不是"完人"型的人，如依我写的来看，他们的缺点好像比优点还多，显然不适合现代教师的要求。但我认为有这些人在我们四周很好，他们的存在使我们更接近真实的"人类"，教育不是高站在象牙之塔上，用俯瞰的方式看世界。以沉默不善言词来看，我们不懂沉默人的心灵，我们就无法跟佛陀与耶稣相通，因为他们的最高贵时刻，往往是孤独与沉默的时候，孔子说"天何言哉，四时行焉，草木生焉"的时候，不是也有同样高贵的神情？还有我觉得，王阳明在跟学生说"天理在良知灵觉处"的时候，也跟孔子的表情很相像，都是在沉默中体会了心灵觉醒的力量。另外，我们应学着欣赏老实人，还有那些不太会言说的人或有点疯狂气质的人，欣赏他们的真实，体会无言之下的真实生命力，如果我们不学习与他们相处并接受他们，我们就无法领受中国的陶潜、李白、徐渭与八大山人的艺术，还有西方的康德、斯宾诺莎、贝多芬与梵谷的最高成就了。

现在的教育顾忌太多，也过滤太多，深怕让他受挫，便让孩子长年生长在温室，结果是一点小感染，就全倒了。有时候逆境与不合理对孩子而言是重要的，逆境让他学习与环境相抗，奋斗成长，周围出现的不合理，使他不断思考什么是合理，而且愿意为合理的事而努力终生。

《游戏》写的是少年时的一个荒唐的冒险行径，这个行径萌芽于人性里"坏"的因子，让别人因贪婪而落入我设下的陷阱中，不管怎么说，都是不怎么"好"的事。但孩子犯错都应视为正常，每个人在生长过程中，都有逆向的反叛期，喜欢尝试一些以前没曾做过的事，说一些以前不准他说的话，其中有的有心，有的无心，假如不是经常如此，就不要担心，孩子为了适应生活，会自动改正的。我记得鲁迅记他年轻时曾犯过同样的错，他看不惯弟弟关在房里扎风筝，一天在弟弟面前把他辛苦扎好的风筝扯了，当时他以为是自己胜利了。

但当他长大成人，读了一些现代教育学的书，知道玩具是儿童的天使，才明白自己犯了错，一天他向也同样长大的弟弟赔罪，祈求宽恕，但他弟弟毫不在乎地说："有过这样的事吗？"原来他已完全忘了。鲁迅说："全然忘却，毫无怨恨，又有什么宽恕之可言呢？"这事让他终生觉得遗憾。写《游戏》一文的我成年后请求当年被羞辱过的小男孩原谅，也是因为对方忘了而未果，文章的最后写道："没有记忆，就得不到原谅。这场少年时游戏所造成的罪业，其他三个人我不知道，在我这边，可能要一生才能赎还。"想到一生中有许多无法追悔的错误，便会探索更深的生存意义，这样说来，生命中一些负面经验，有时也能发挥积极的作用，所以碰到这类糟糕的事，也不必要地想要一味地躲避或排除。

最后一篇《躲藏起来的孩子》是本书的主题文章，网路上讨论得很多，我就不再费词了，但我还想讲几句话。

我想，大多数读者都掌握到了文章里最主要的一段，便是"没有一个孩子是可以被放弃的，这一点家长和孩子都要记得，在教育的历程中，没有一个受教育的人是该被放弃的。父母放弃子女是错的，教师放弃学生是错的，而孩子本人，更没有理由放弃自己。"是的，这是文章中的重点所在，也是我写此篇主要的意思。

这段话当然指的是在教育上应该如孔子所说的"有教无类"，让每个人都有受平等教育的机会。但我们都知道有一个现实，就是优秀的，杰出的分子，往往得到我们绝大多数人的关注，也享受到我们社会绝大多数的教育资源。看起来他们得天独厚理当如此，其实不然，那些不是那么优秀也不是那么杰出的，特别是资质在平庸之下的孩子，也许更须要教育与辅导，假如我们社会对之视而不见，是不对的。还有，我们在教育的观念上还太"单元"化，认为书读得好的人是好学生，书读得好的又以理工科成绩好的最受看重，因为他们未来的"出路"更好。其实社会是个综合体，跟人完全一样，所谓健康，不专指筋肉，骨骼筋肉与精神的发展同样重要，每件器官在人身上都有贡献，没有谁重要谁次要的问题。

我特别注意到网上一篇回馈的文章，题目是《周志文教授做对了什么？》这篇文章提出"闪光点"的这个关键词。所谓闪光点是指一个人所有的很特殊的特质或能力，就像一个会发光的小点，藏在很难发现的黑暗角落。有的人耳朵好，适合做音乐家，有的人味觉好，可以做主厨，有的人手巧，可以做工匠，这是一个多元的世界，"行行出状元"已不是口号，而是事实，发现了孩子的闪光点，鼓励他，帮他引燃，不愁他后来没有成就。而我说的成就不见得指一定要出人头地，而是指让他像一般人，堂堂正正地生活在世界就可以了，能够平平实实地，过着"仰不愧于天，俯不怍于地"的生活，我更满意。

　　一位朋友在网上说："假如这个孩子最后只能做一个售货员、售票员，难道就没有孩子的烂漫？"说出了不少人的顾虑。是的，假如《躲藏起来的孩子》文中的女孩球儿后来没考上大学，也没出国深造，没得到难得的学位，只做了我文中所说的百货公司的售货员、工厂的装配员，我会怎么看待她？我明确地说吧，我与内人会一样地爱她，只要是善良的人，都值得爱，万一她不够善良，做父母的我们要尽一切力量帮她做到我们认为的善良，因为她是我们所爱的女儿。

这世界有那么开扩的天地任我们俯仰，

有那么美的山岚海风让我们饱览，

又有那么营养且舒适的空气，

让我们的肺可以徐徐张开、缓缓收缩吐纳，

世上的一切，

都是那样谦和又自足的存在，

我们还有什么更重要的事要赶呢？

第2辑

稻田里的学校

一

　　我记起我在宜兰乡下读书的时候，我读过的几个小学，都简陋有田园风。罗东有"正式"的"国校"三所，（"国校"在台湾指的是公立小学）。其中罗东"国校"在日据初年就有了，所以到今天有百年以上的历史，另外还有成功"国校"，大约成立于光复初期，成立最晚的是公正"国校"，大约在1949年之后才有的。只有罗东"国校"在小镇比较中心的位置，因为成立得早，原来处于边缘的，后来变成中心了，其他两所学校都一南一北在小镇的边缘，四周原本都被稻田所围绕。

　　我曾在罗东"国校"读过一年书，后来我因姐姐职业的缘故，转入一个由联勤被服厂所附设的小学，这所学校的正式名称是"联合勤务总司令部附设宜兰小学"，没几个念得出这么长的名字，都叫它被服厂子弟小学。还有人嫌四字太长了，就叫它"子小"，这叫法不好，让人与"小子"产生联想，由于全镇没有其他的子弟小学，所以叫子弟小学就是指它而言。子弟小学虽然也是小学，而总有点体制外的味道，所以在地方算"正式"的小学，老是算不上它。

我之转来此校，纯粹是因为学校福利好的缘故，学杂费全免之外，还有制服可发，连笔墨用具都有供应，以当时的条件而言，我们即使不算"天之骄子"，也觉得相距不远了。但全校"极盛"时代也只有六班，小得可怜，办了几年办不下去，到我读高中时候就关门了。这所由外行人所办的学校是在一个废弃的锯木场拼凑而成，教室是日据时代的木造厂房，低暗潮湿不说，后背还有家没歇业的锯木厂，成天噪音不断。更有趣的是，学校的左侧是铁路，铁路的路基很高，每次火车经过，像是以凌然之姿从我们头上"飞"过，惊险奇傀又气势无穷。当时的火车用的都是蒸汽车头，冒着黑烟白气，成吨的钢铁巨轮从铁轨上碾过，发出特殊声音与震动，令人屏气凝神。奇怪的是，我们对锯木厂的噪音讨厌得很，而对火车经过所发的声音不但不生厌，有时还会期待。

　　子弟小学的学生都是被服厂员工的子弟，绝大多数都是外省人，外省人中，又以南京人为大宗。这所被服厂原厂在南京，员工的眷区名字都冠以"金陵"二字，从"金陵一村"到"金陵四村"共有四个村。当时联勤算是陆海空三军之外的"第四军种"，但被服厂除了几个高级领导有军衔之外，其他都一五一十地算是劳工，他们的工作是为军人缝制军服，所以住在这几个眷区里面的人不能算是军眷，只能算是"工眷"，不过本地人不分这些，不管是军眷工眷，都叫它"外省仔寮"。

　　南京人说话怪腔怪调的，他们老是把注音符号里的ㄋ与ㄌ（n,l）搞混，又ㄣㄥ（en,eng）不分，譬如把自己"南京人"说成是"兰京人"，把"牛肉"说成"刘肉"，"珍珠"念成"蒸珠"，"我恨死你了"说成"我横死你了"，听了虽不至于会错意，但语音被他们颠覆得乱七八糟，也常闹出笑话。我因与他们鬼混了几年，常把n,l两声母搞混了，有时还倒果为因的。到大学时把一位教我们的文字学的赖姓教授叫成"耐"老师，"耐老师"年轻又腼腆，他怕伤我自尊，从未指正我，直到大学毕业我才知道自己叫错了，真是丢人到家了。

　　当时的乡下，地域观念很盛，外省人是少数，很多地方被人歧视。外省人在一起，也会瞧不起本地人，主要是台湾人的文化条件不好，学校推行国语，外省人虽然南腔北调，但大部分省份的话和国语还是接近些。本省人说的是闽南语，与国语相距较远，所以那个时期本省人在受教育方面，比外省人要吃些亏，早期在学校成绩好的学生以外省籍的居多，这是无法避免的事。后来国语推行得越来越普及，本省籍的学生迎头赶上，这现象就不复存在了。

二

我读小学的时候，在街上走过，有时被人用闽南语叫成"外山的"或"外山来的"，有时还会被骂一声猪，猪一个字叫不响，就变成四个字"四脚猪仔"或"外省猪仔"。"四脚猪仔"的闽南语读法，用现在的汉语拼音便是Xikadi-a。叫"外山的"是指从山外来的，语言中有些敌意，但没有坏意，叫人猪就既有敌意又有坏意了。不过这都是小学阶段的事，进入中学后，学校大部分都是本地人，五十人一班里面顶多只四五个外省人，当一方势力超过对方太多，敌意就渐渐不见了。何况我们这些外来的人也学会了适应环境，每个人都把闽南语说得朗朗上口，连骂人的话也连珠炮地说得跟本地人一模一样，久了之后即使是本地人也分不出我们到底是"内山"的或是从"外山"来的了。

升上初中后，有一点成为人之骄子的意味，首先是当时大部分小学毕业生都放弃升学（上小学是受国民义务教育），其次是初中以上学校太少，根本无法容纳许多学生，举例而言，宜兰县整县由一条由西向东的浊水溪（后来为了与岛西部有条更大的浊水溪区别，就改名叫兰阳溪了）分为南北二部，县治宜兰市与礁溪头城等乡镇在溪北，而我们罗东与冬山苏澳等乡镇都在溪南，我读的宜兰县立罗东中学，是溪南的唯一中学，当然也是溪南的最高学府了。

罗东中学在日据时代是一所"公学"（相当丁初级中学的公立学校），当时的公学地位崇高，是日本人或"高级"台人的子弟才能读的学校。1945年之后，"民国政府"接收后就把公学继续办下去，成了宜兰县立罗东初级中学，后米又办了高级中学（高中），校名拿掉初级两字，整个学校就成了包含初、高中的完全中学了。

这所学校由于在"历史"上的地位很高，在整个"溪南"，有领袖群伦的作用。现在县南一些办得久一点的国民中学或高级中学，早期都曾是这所学校的"分校"。所以这所学校也许其貌不扬，内部也真是一团糟，但骨子里还是有一点顾盼之姿，有一点自以为是的味道。我还记得罗东中学的校歌的第一节是：

向东望大洋拥抱，沃野广袤，

西仰那群山明媚，远绕三方。

我们的省份台湾，

我们的乡土罗东，

毅然屹立母校罗中。

师生携手和气满堂，

不负世人殷望。

共建民主校风，

罗中，罗中，

自由的学园罗中。

这首校歌的歌词有一般校歌的通病，有的具体有的空洞，当然校歌里多是期许的话，但其中的期许也有些不可理喻，譬如"共建民主校风"，到底什么叫作民主校风，又要如何"共建"呢？这话任谁也说不清楚。大概是受当时流行的自由民主风潮所影响，写词的人胡乱拼凑进去的。倒是首二句写的是实景。罗东朝东不远便是浩瀚的太平洋，朝西则山岳连绵，从北边算来，有雪山山脉，正西是雪山东脉的主山太平山，再朝南望去，天晴的时候可以看到南湖大山支脉的一个山峰，惊险绝伦的奇莱峰据说就在它旁边不远处。冬天台湾不下雪，但南湖大山支脉的山顶上偶尔雪白一片，往往成为我们仰望的焦点。

不过平常的日子，谁也不会"东望"又"西仰"的，人总是被身边的琐事纠缠，不会去想远处的事情。我就读的时候，学校三面被稻田包围，还有相当的田园风。宜兰以多雨与新竹的多风同时闻名，当时有"竹风兰雨"的成语。台湾属亚热带气候，炎热潮湿是共同的现象，别的地方一年总有所谓旱季与雨季之分，可是在宜兰好像只有雨季与非雨季之分，从来没有所谓的旱季。

宜兰的雨季在秋冬之际，季风盛时，就会拖得够长，因为全县的地势一面朝海，三面被连绵的高山挡着，最高的山有三千多公尺高，冬天东北季风带来丰沛水汽，根本通过不了那群高山，就把雨一股脑地全落在兰阳平原了。在我读高中的有一年，竟然有一"场"雨连下了四十天的纪录，当然不是夏日常见的"豪大雨"，因为"骤雨不终朝"，宜兰雨季的雨是忽大忽小的，这样密集又连续地下着，把我们的世界变成一片水乡泽国，所有东西的暗处都在发霉，潮湿与阴霾中，是宜兰居民的共同记忆。

再加上有台风肆虐，每年夏季是台湾的台风季节，十个有九个从花莲宜兰登陆。我读书的时候，物质困窘，家居潦草，很少有钢筋水泥的房子，都是泥土木板房，有钱一点的家庭，住在日本人留下的木造房屋里，平常也许舒服，但要抗拒台风，却一点办法都没有，往往一阵风来，屋上的瓦片全被掀落，雨水就直接冲进来，所有家居往往尸骨无完了。大致而言，学校的建筑多是砖起的，相对而言坚固些，所以台风来了，学校的大型教室与礼堂往往得开放成为台风避难所。我在读初中二年级的时候，一次强烈台风来，把我们住的眷区全数吹垮，我们全村搬进附近的一个"国校"礼堂里，在那儿住了半年多，等房子胡乱盖好再迁回去。

对学校而言，这是天来横祸。要知道不仅仅是把一栋建筑让出来供灾民使用就够了，灾民吃喝拉撒睡都得在学校解决，学校一有外来居民，景观与秩序都被彻底打乱。我在读初中的时候，我们学校的礼堂就常被莫名其妙地占用，学校例行的周会或该在礼堂进行的活动都改在操场举行，前面说过宜兰多雨，雨一下，便干脆不举行了。

我记得一年学期中忽然来了台风，已经是秋天了，还来台风，这台风就叫作"秋台"，"秋台"威力更大，把学校的几间教室吹得东倒西歪不说，连围墙边的蒲葵树都连根拔起，大门口复兴路上的成排宿舍都被掀去了屋顶，教师与他们的家眷顿时成了灾民。学校不得不照顾教师，便让他们搬进几间尸骨尚存的教室里，连校长一家也不例外。接下来的一个多月里，学校的行政与教学大受影响，老师无心教学，学生无心受教，大家得过且过，往往一本书没上到一半就学期结束了，学校也只有任它。对学生而言，那种得过且过玩岁愒时的日子实在太好过了。

三

这是外在环境，学校内在的情况到底怎样呢，其实也一样不好。学校是社会的缩影，在我从少年到青年的那段日子，台湾的政治气候充满着不安，那种气氛也会吹进学校来，学校受到干扰，使得许多该做的事无法正常运作。我读初中的时候，几次看到宪兵到学校"带人"，有一次一个隔壁班的地理老师在课堂上被三个面无表情的宪兵强行带走，那老师向我们班的老师求援，我们正在上国文课，老师在台上跟我们讲授儒家的伦理道德，却连正眼都没敢看那被逮的朋友一眼，我对传统道德的厌弃是从那里开始的。当一个人被宪兵带走，通常便没有了下文，教师会把它视为忌讳，没人敢谈它，我们学生则耳语纷纷，传闻他是"匪谍"，已被拖去枪毙了，有人更绘声绘影，说只要抓到"匪谍"，连审判都不需要，晚上就装进麻袋，送上飞机丢进台湾海峡了。那种传闻很广，小孩说时总是带着兴奋与惊恐，也不知道始于何方，我们长大之后才知道都是无稽之谈。那是台湾"白色恐怖"最盛的时候，在我们学校有不少教师莫名其妙地被带走。

等我读高中之后，"匪谍"事件已很少，但警宪有时也会到学校来逮捕人。不过比起初中的时候，警宪的行动"文明"不少，首先是他们独有的白色吉普车不会直接开进学校来，负责逮人的也不是全副武装的宪兵，而是改成穿戴整齐的"执法人员"，他们会先到校长室"拜访"校长，出示上级的命令，然后由学校人事单位的人员到教室去请出正在上课的教师，说是有事外找，吩咐学生在教室自习，学生都十分世故，知道发生了什么事，都变得十分安静又善解人意，就连掉了根针都听得到似的。那位老师从此就再也见不到了，学校从未向学生解释那位教师的去向，学生也不会多嘴问，大家都心知肚明似的。我读高中后，被逮捕的不再是"匪谍案"了，换上的是"台独案"，只要有人参加了某次有嫌疑的聚会就被逮捕，当然枪毙或投海的说法已没了，有的也许涉案较轻，几个月后被放了出来。但放出来的也无法在学校待了，只得改行。熟人在路上遇到他多假装不认识，他也绝口不会提及那件事，一切好像船过水无痕的样子。受"匪谍案"牵连的多是外省籍的教师，而"台独案"的就换成本省籍的为多了。

宜兰不断的霪雨，灰暗的天气让我们的性格变得阴沉，而我们成长过程所见的世态，也使我们这一辈的人变得比较伪善，逢事易作闪躲，在真正艰困及高压的环境下，我很少看到我们宜兰出身的人会挺身而出的，更不要说抛头颅洒鲜血了。我们这一辈了解的人生百态之一是，人生在某个部分确实是残酷的，为了生存，我们不得不对一些事件视而不见，或者表现冷漠。

我对我曾成长的环境，常抱着羞愧的心情。我在北师大客座的时候，一次夜阑，与师大的同事聊到青少年时的那些经历，我以为在台湾那狭小的地方才是独有的，那种教育为我带来的创伤好像比滋养要多。想不到我的朋友听了大笑，说我小题大做，他说出卖与噤若寒蝉对大陆人来说，有谁没有类似的经验呢？他说出卖与噤若寒蝉对大多数人来说都有类似的经验。

他也许是安慰我而说的。但无论如何，全球气候变迁有好有坏，对宜兰的好处是雨季已经不再那么长了，而台湾的政治气候也变得开明，再也没听说有什么不经法律程序的"私刑"了，万一有，也有人站起来大声嚷嚷，不论是为自己或者为别人。一次我在北师大演讲，讲完了，全场以开朗无比的笑声回报我，我真高兴，我想大陆的阴霾记忆，在年轻的一代也全没了。不论从海峡哪一边看，年轻确实是幸福的。

（选自印刻文学生活杂志出版公司2011年出版《家族合照》）

书法的记忆

一

我在读小学的时候，大多数的书写工作都是使用铅笔，另有书法课，就须使用毛笔。我读高小（小学五六年级）时转到一个以外省学生为多数的学校就读，那个学校很注意书法训练，让一位教师专门教我们写字。我记得那位教师名叫张鸿声，是一个个子粗壮的山东老汉，皮黑而虬髯满面，再用心刮也刮不怎么干净的样子，他十分严肃，我们彷佛从没见他笑过。

书法课由磨墨开始，他先要我们把砚台恭敬地放在桌前，不得放歪了，注水入砚，然后把墨拿正，轻放在砚池上，由左朝右顺时针方向慢慢研磨。把墨磨浓了后，要我们拿笔蘸着写字。握笔要指实掌虚，笔要垂直，对着笔心，老师说练字即练心，"笔正则心正"，他要求任何一件有关于书法的事都须注意"正"这个字，不只笔要正，磨墨的时候墨也要正。他说人要心想坏事，就会把墨磨歪了、字写斜了，所以又有"墨正则心正""笔正则心正"的话。但我们当时年纪小，根本不晓得彼此的因果关系，是心不正影响到笔墨不正呢，或是笔墨不正影响一人的心术，这事我们不敢问老师，老师也从未解释过。

他看我们笔拿得不正或墨磨歪了，就命令我们站起来，用拳头猛击我们的胸口，这是最重的惩罚，嘴里还大声嚷："混球烂虾毛！"我们不知道究竟是哪几个字，也不知道其中的正确含义，但是骂人的准没错。也有比较轻的惩罚，他从我们后面走过，看见有哪一笔写歪了，会卷起食指与中指敲击我们的脑袋，敲脑袋就不会那么使力了。

以前的书法教育是先让学生"描红"，描红是让初学的学生用毛笔描写纸上的红字，主要在训练字的架构，让人知道如何把字"撑开"。但张鸿声老师教我们写字不准我们描红，他认为坊间所售的描红本书法庸俗，老是说字写丑了还有救药，写俗了就没得救了。我后来读书，读到中国艺术理论中有一个"宁丑勿俗"的理论，原来我们在小学时已受此教诲。老师教书法还因人施教，在我们胡乱写了将近一个月之后，他看我们的笔势气韵，为我们选了不同的碑帖来临摹。老师帮我选的是欧阳询《九成宫》，有几个同学用的是柳公权的《玄秘塔》，有的学的是颜真卿的《多宝塔》《大唐中兴颂》，还有的是写虞世南或褚遂良的碑帖，现在已记不起来了。从此之后，每人都各有所"属"地练起自己的一套笔法出来，环肥燕瘦，各不相同。

我记得班上一个女生，老师规定她学写《大唐中兴颂》，她觉得颜鲁公的字又肥又方很不好看，觉得我写的《九成宫》倒娟秀得多，就冒着胆求老师，看看能否让她也学欧阳氏的"率更体"。想不到老师不答应，骂她说你知道什么。在他看来，欧阳询的字外似柔媚，其实字里面骨硬如石；而颜鲁公的字，看似布局森然，反而简和康雍许多。但小学生哪知道这些，还是不时去闹，最后老师还是让她改写柳公权的《玄秘塔》了。为什么不让干脆她学《九成宫》，我到现在还是想不透。

上初中与高中的时候，都没有传统的书法课了，但学校规定，凡是作文都得用毛笔书写，学生的作文簿是毛边纸做的，必须用毛笔才写得上去，老师批改也得使用毛笔。作文是国文课的一部分，教国文的老师对传统书法都还不陌生，所以作文要用毛笔书写就相演成习，没有发生过什么问题。但要命的是台湾教育当局不知道是从什么时候开始规定的（可能是从大陆带来的"遗规"），要学生每周都须交"书法习作"，这"书法习作"各校宽严不一，但都是要做的。而学校并没有专业的书法老师，学生每周必须交呈的"书法习作"，只得由各班导师（相当于大陆学校的"班主任"）收拢来"批改"。可怜导师的组成分子复杂，不见得是"懂"书法的国文老师，有教英文的，有教数学理化的，有些学校大，甚至体育、美术老师也得"抓"来担任导师，要他们"批改"书法就是个笑话。这些老师遇到学生上呈的"书法习作"，往往只得应卯式地在上面写个"阅"字了事。

二

当时除了有"书法习作"之外又规定要写周记。台湾的周记得写成"週記"，是每周一篇生活与学习的记录。奇怪的是"週記簿"也是毛边纸的本子，须用毛笔写作，跟"书法习作"一样也是交给导师批阅。尽责任的老师，往往藉这周记知道学生生活、学习上的问题，从而安顿辅导；不认真的老师则随便应付。由丁规定也要用毛笔批阅，他们也学处理"书法习作"的办法，通常在上面匆匆写一"阅"字，就不再管它。

这种须要用毛笔书写的作业，到我大学毕业后在中学滥竽教职时仍然没改，作文、"书法习作"及"周记"都还是得用毛笔书写批阅，我不知道这种虚有其表的书法训练对学生而言有什么帮助。我离开中学不久，就听说学生的周记已改成用钢笔或圆珠笔写了，而作文还是得用毛笔，至于每天得写大小楷的书法作业是不是也同时废除了，我就不是那么清楚了。

小学的时候我们遇到的张鸿声老师是书法家之外，当时的老师大多是由在大陆来的知识分子，那一代的读书人，对书法都有些基本认识，整体而言，不论硬笔软笔，字都写得还有模有样。但到了中学后，情势就变了，我读初中时，学校还有部分日据时代留下的教师，他们大多教物理、化学、数学等理科课程，自然没有书法的经验，后来又来了一批年轻的老师，他们受的是新式教育，里面没有书法一项，所以也多不会写字。我后来也遇到一些在日据时代受过日式"书道"训练的老师，我看他们的书法，奇怪的写的都是汉字，用具也是同样的文房四宝，但他们对书法的了解，不论是书体的好坏，甚至握笔的方法，多与我所知的大异其趣，我当时不能分辨，以为其中必有道理。

　　我在大学教书的时候，有一次应邀到琉球的冲绳大学开学术会议，会后日本同人安排了一些参访节目，其中一项是参观日本传统的"茶道"与"书道"。日本一般把比较正式的喝茶称作"茶道"，把比较正式的书法称作"书道"。日本人喝茶，讲究起来比我们中国人要讲究许多，他们在正式场合喝的茶叫作"抹茶"，但不管他们如何慎重处理那杯恭谨奉上的茶，我们台湾的学者都不觉得好喝，抹茶的绿绿得太过，又有强烈的海藻或鱼腥味，这与我们喝惯的冻顶乌龙与铁观音比起来，实在有天壤之别。

　　喝完茶又有人表演"书道"。先是一穿戴整齐门生之类的人物上场擦拭桌子，他拿着雪白的抹布，细心又恭谨万端地、一遍遍地在桌面抹着（我们起初怪他为什么不先抹好，后来知道擦拭桌面是整个"书道"仪式的一部分）。擦完退下，又有几个穿戴整齐的人端上文房四宝，文房四宝不是一起端上，而是一件一件的，譬如先端上砚盒，打开盒子，取出石砚，撤下砚盒，再以一个精美的瓷水注帮石砚注水，注了适量的水，再由一人极慎重地在刚才端上来的墨盒里挑一管新墨，当场研磨起来，磨完墨又有人来铺纸选笔，也是拖泥带水的，充满着仪式的意味，最后一切搞定，全场静默。

不久从隔壁和室走来一个穿白净和服的老头，这就是要为我们表演的书法家了，这位书道大师名字前面好像有"大国手"之类的称号，跟我们围棋大师吴清源的称号一样，可见受人尊重。"大国手"跽坐桌前，选笔捺墨，他好像不满意这管笔，又选了另管，一管一管地试，直到他满意了。他把蘸满墨的笔高举空中，两眼紧闭，屏气凝神了好一阵子，终于落笔飞快地在白纸上写了一个大大的"道"字，写完起身，这时堂里群众热烈鼓掌，"大国手"则不加顾盼地旋身走人。我们后来走到前面观赏大师的巨制，几个日本学者在墨宝前用日语"捏、捏"地赞叹不已，我们几个不看便算了，一看才知道那个大国手只是个装腔作态的人物罢了。那个"道"字写得实在不怎么样，不只结构不稳，最后一捺又拖得太长了，而且收笔做顿笔，根本是错了。怎么说呢？只能说中日两国的书法审美方式取径不同吧。

三

回头说我少时的记忆，我在读初一的时候，碰到一位极有趣的老师，他名叫邹人，教我们历史。他喜欢写字，住在学校的日式宿舍，里面到处都是他写的字，有的写在棉纸上，有的写在白报纸（又叫道林纸）上，大部分是写在旧报纸上。他是四川人，喜欢吃一种特殊发了酵的酱菜，还有极辣的辣椒，一进他家门就闻到扑鼻的酱菜与辣味，再加上他因为穷买不起好的墨，所用的墨汁是最劣等的，会发一种像脚臭一样的臭味，所以到他家里五味杂陈，很不好受。

当时很多人都说他的字写得好，我们做小孩的其实并不很懂他字到底好在哪里，却知道邹老师是一个喜怒无常又莫测高深的人，他有名的书法使得他特殊的个性有了注脚。他如果活到现在，应该可以成为一个名利兼收的艺术家，但他在那个时代，他的艺术不只别人，就连自己也从来不知顾惜。他把写好的东西，随便扔到地上，有时就送给我们学生，我们如果敢到他臭气冲天的屋子，想拿多少就可以拿多少。我一度藏有许多他的作品，大多是写在道林纸上的那种，有的还落了款，但宜兰台风多，所藏后来都毁于风雨了。

我读初中的时候还是标语流行的时代，学校建筑的墙面，还有走廊的柱子上，到处看得到标语。那些标语通常是用白漆写在蓝底上，内容多数是劝勉人敦品励学的话，当然其中也参有些"反共抗俄"的政治口号，标语多了其实也没什么人会去看它。奇怪的是我们学校的墙头标语也大部分是邹老师写的，不知道是他自己想写，或是学校看他字好硬要他写。在墙面写标语得用刷子蘸油漆来写，工具与一般书法很不同，不知他怎么写得惯。他写的标语与一般工匠写的很不相同，常常会用行草，有的地方甚至是狂草，有些时候把几个字连笔写在一块儿，对我们初中学生而言，跟鬼画符没有差别。有几个礼拜他忙于写标语，碰到有课还得上课的，他来上课的时候，比平时还要蓬头垢面，衣服与手上脸上还沾着不是蓝就是白的油漆，也许因为在烈日下晒了一整天，情绪起伏比平时要大，骂人时更不留情面，大家便小心谨慎地不敢冒犯他。平常日子他已被认为是半个疯子，写标语的日子，竟不折不扣地成了全疯的人了。

我到高中的时候，遇到一位国文老师，他姓禚，这"禚"字读作"卓"，是很少看得到的姓，我们没被他教的时候，只知道学校有位"糕"老师，就以为是蛋糕的糕字。禚老师是鲁南郯城人，字仲明，号梦庵，他也是位书法家。不过禚老师其实是个诗人，他旧诗写得极好，书法对他是写诗的"余事"。他旧学很有根底，史部尤精三国与宋代，有《三国人物考》与《宋代人物与风气》等专著，诗集则有《巴山夜雨集》等，他的书与诗集并不是"私藏本"，而是由当时商务印书馆的"人人文库"出版发行的，可见他在诗坛与史学界颇被肯定。

这里谈他的书法。他的书法似乎不宗一家，有意采各家之长，配合了他特殊的人格气象，发展出一种特殊的字体。他早年的字，常故作欹斜，一个字的最后几笔总比前面的略重些，字很浏亮，但让人觉得秀而不庄，逸而欠实，后来他愈加锻炼，字体也变得平缓而沉稳了，晚年退休后则日日绘画写字，书艺大进，已昂然有书家风范，点捺之间，常涵蕴着不可言喻的气势。

旧诗人经常往复唱和，老师因而得以与许多未谋面的诗人交换诗作，诗人多擅书法，看他们的诗作，常琳琅满目，养眼养心。我在老师家就得以见到许多当代老诗人的墨宝，包括梁寒操、易君左、马寿华、王壮为及于右任等。于老被誉为"党国大老"，又是有名的书法家，后来我听老师说，才知道他青年时代就是个极有才情的诗人呢。于老似乎对禚老师的诗作十分欣赏，虽然辈分年龄比老师高许多，但经常书信往返，他给禚老师的信写得很短，往往只有几个"承命""可覆瓿补壁"等字，信中往往附有一草书的中堂，有时是一副对联。有一年过年，老师把于老给他的一幅草书中堂裱褙好了，挂在他客厅兼书房的一面墙上，起首是"何年顾虎头"的一首杜诗，真是墨老笔酣，铁画银钩，每笔每画像是能在纸上游动的样子，旁边同样是他的行书人字对联，上面写着：

海纳百川有容乃大

壁立千仞无欲则刚

我很难形容我初见这两个作品时的感觉，我被点画之间的力量震慑住了，连呼吸都不敢出声。春节前后阴霾的天气，老师客厅旁的窗玻璃被风吹得喷喷作响，窗外竹影摇曳，室内很暗，但有种奇特的光线从冥冥中透过来，那光像基督教说的神的光，逼得你不太敢仰视又不得不注视，原来艺术有这么磅礴的力量。当时我确实是这样想的，在我的一生中，能与这么宏大的事物相处，即使只有片刻，也觉得不虚此行了。

我后来到台北求学，然后就业，因缘巧合，在其中遇到不少以书法名家的人，也接触过不少古今名人翰墨，而印象最深的，却是早年的在乡下的与书法有关的记忆。原来我们与艺术的结缘，最初的印象与感动往往操纵人的一生，这与初恋的感情完全一样呢。

高中毕业后，过了十年，禚老师病故。老师有三个儿子，最小的最得老师与师母的爱宠，他们都以"小三"来叫他，而小三却不幸在青年时代得了精神方面的疾病，经常发作。老师尚未病故前，一次我从桃园回去看他，发现客厅一片零乱，字画书册，隳败一地，其中被撕得粉碎的，也包括了于老的那两件书法。老师默然坐在一角，说多年所存的已毁于一旦，像对着我说，又像自言自语。但老师说话时，表情出奇地平淡，好像他早就知道生命中存在的一切，注定要在某一时刻，一件不存地消失了一样。

（选自印刻文学生活杂志出版公司2011年出版《家族合照》）

说"国语"

一

三四十年前，台湾的公共场所还随处可以看到"请说国语"的牌子，现在已几乎看不到了。这不表示"国语"已畅行无须再作要求，而是政治与社会气候已经改变了。

国民政府迁台后有一政策是推行"国语"。"国语"其实民国初年就在大陆推行了，遭遇的阻碍不是没有，零零星星的不算太大。不过当时"国乱如麻"，就算大也没什么人注意它，因此也就不大了，何况当时推行文化政策往往虎头蛇尾，草草应付，如果遇到困难干脆放弃不管了，所以没有大事并不表示推行顺利。倒是在台湾推行时，遭遇的困难特别多，这必须从台湾的语言环境谈起。

　　台湾岛上的居民除了原住民之外，大多数是汉族族群，原住民大大小小地分了十几个族，每族有自己的语言，都没有文字，彼此之间有的能通有的不能通。学者研究，他们的语言与菲律宾的土著语言，甚至更南的几内亚，最远到纽西兰土著的语言都是相通的，学者叫它"南岛语系"，证明台湾的原住民最早是由靠南方的太平洋岛屿迁徙过来的。当然自晚明之后，大量汉族移民台湾，汉语后来便居上地主宰台湾的"语言市场"了。但移民虽来自汉族，而这些人的汉语，是所有汉语里面最难让人懂的广东客家语与福建的闽南语，要说这些话的人学习"国语"，本来就是十分困难的事。

　　除此之外，台湾还受日本侵占了五十年，日本人侵占台湾的后期（1920年后）也在台湾强力地推行他们的"国语"，他们的"国语"即日语。日本人在台湾推行"国语"的时候是禁说汉语的，政策执行彻底，这使得光复之初，台湾作家能以中文写作的寥寥可数，而且颁布政令，须以中日两种文字并列。两种语言长期冲突与交流的结果是，许多日语的词汇与语法也融入了台湾语言之中。台湾的"福佬"人说的是闽南语，但台湾人说的闽南语与真正闽南地区的闽南语已有差异，台湾的闽南语中外来语特别多，譬如台湾人叫西红柿为"塔吗多"，与日语一样是从外语Tomato变来的，又如台湾语中把收音机叫作"啦基啊"，也是从日语来的，而日语又是从英文Radio直译来的，台湾人说的语言中充满大量这类词汇，真正闽南人听了也一头雾水，这是台湾语言环境复杂的另一理由。

闽南语与广东客语虽然不好懂，在中国的大语言区中势力也不算大，但它们保留了大量中国古代词汇与语法，是最接近古代的语言。譬如闽南语的"有身"是指怀孕，《诗经》里面有"大任有身，生此文王"的话，可见早在周朝即有将有身当成怀孕的说法。此外，而闽南语说的"鼎"，就是"国语"中的"锅"，闽南语中的"蟾蜍"就指"国语"里的"癞蛤蟆"，这些例子，证明这闽南语言其实是道地的中国语言，而且是比其他语言更接近我们祖先所说的语言，粤语与客语在这方面也很相同。

二

台湾语言中既保有许多中原语言已见不到的古代语言痕迹，也参入了不少外来词汇，再加上这儿的族群多元，台湾语言环境之复杂，不是一两句话可以道尽。所以台湾光复之初，政府推行一种大家都能说、都能听懂的语言是很有必要的。"国语运动"虽然是政府的政令，其实也有应付社会需求的因素存在，可惜这种需求，在推行"国语"的时候并没有特别强调它，以致后来被有心人士冠以

"外来文化"压制"本土文化"的帽子,与"外来政权"与"本土政权"的政治解读混在一起,形成了另一个难以解决的争议。

早年学校推行"国语",手段确实有点激烈,我们这一代的人,在刚受教育的时候,似乎都受过多少不等的"国语暴力"的逼迫,受害的程度也许并不大,事后还常引以为笑谈,但一件事成为了"暴力"并不算好。早年学校推行"国语",主其事的人总觉得非"消灭"方言不可,学校定出许多规章来禁说方言,连带还有种种的处罚条例,这使得老师学生,都要"誓不两立"地在"国语"与方言上做个了断式的选择,当然没有人敢选择方言,方言不久就被动地"退出"了学校与主流社会的语言舞台。

但"退出"一词说起来容易,实际却纠葛重重,语言是一种生活,人进了新的环境,还是会带着些旧环境里的习惯,不是要改就一定能改成的。同样地,人在改用了一种新语言之后,旧语言会不自觉地掺合到新语言里面去,有时掺合得多了,表面上说的是新语言,而其实也可以视为旧语言的延续。

譬如"国语"中有"f-"这个声符,是闽南语中没有的,声韵学上有"古无轻唇音"的说法,大概在魏晋之前,中国话中的轻唇声母（f-、v-）都读成重唇（b-、p-）。这个发音方式，在我们现在的汉字的一些形声字上还看得出来，譬如"非"字是轻唇（f-），而加了提手旁的"排"字就读成重唇（p-），"发"字是轻唇（f-），而"拨"字就读成重唇（b-），其他如"番、播""分、扮"莫不是如此。闽南语就保存着这个习惯，没有轻唇音。还有闽南语中没有"国语"的"yu-"声母，声韵学上的撮口音都读成齐齿音，像"鱼"这字闽南语只得读成"遗"，"居"读成"鸡"，"去"要读成"气"，再加上闽南语读不出来卷舌音，"国语"中所有卷舌音的字都读成不卷舌音字，而"国语"受北京地区语言的影响所带的某些儿化韵，闽南语也根本没有，碰到儿话韵就读不出来，硬要读，就把那"儿"字读重了，听起来像"啊噜"（a-lu）两个字。像"国语"里面一句"一只小鸟儿在天空飞来飞去"，给我们当时的小学生念，会念成：

一株（只）小鸟啊噜（儿），

在天空，

挥（飞）来挥气（飞去）。

为什么要分三段呢？因为这短短一句，对我们台湾乡下的学生而言，比跨过太平山的山沟还难，只得嗫嗫嚅嚅、结结巴巴地把它柔肠寸断地分批解决掉。从这里看，让说惯闽南语①的学生学习"国语"，真是辛苦极了，但政令逼得紧，学校上下，也都觉得这事重要，便不管一切雷厉风行地推行起来。

那不是个怀疑的时代，上面人决定了，下面就一呼百应地执行，毫无怨言。学校老师不知道从哪里得来灵感，设计了一方牌子，上面用毛笔写着"我说方言"四字，每班七八面，早上第一堂课就发给当天的清洁值日生，拿着牌子的值日生就成了教室里的奸细，他们要倾听同学的谈话，发现有人说了方言，就把牌子挂到他头上，牌子交了出去，他的责任便了。那个被挂上牌子的学生无须沮丧，奸细是人人能做的，他只要在下午放学前找出另一个说方言的人，把牌子套到他头上，自己就逃过了惩罚。放学时还套着牌子的倒霉鬼，要负责今天的清扫工作。

这种推行的方式并不好，利用人性中的"恶"来达成所谓的"善"事，在道德上也是危险的，就算不危险，至少把善的成份减少了，所得不见得必多于所失，但当时的人都很单纯，根本没想到这么复杂的程度。

①此处闽南语特指台湾闽南语。

因为"雷厉风行",上下一心,"国语运动"确实有了成效,当时说"国语"变成风气,台湾因地域的关系,所说的"国语"不如北方人的纯正,方言的语法与腔调没法"根治",有时会被搬进"国语"中,弄得表面说的是"国语",其实语法还是台湾式的,弄出不少笑话,往往被讥为"台湾国语"。

我们读初中的时候,老师以外省人居多,外省人虽然说的不是闽南语,但南腔北调,并不好懂,譬如江西话、湖南话、浙江话,还有广东话、福建话,其实也都是"方言",不过那种方言好像不在取缔之列。一些老师对学生说的"台湾国语",很不能了解,譬如闽南语中的主动、被动往往与"国语"的说法不同,"他打我",在闽南语中说成"他给我打",这话由别人听了,好像是说我打他了,同样,"我给他骂"是指我骂他,不是他骂我,像这样的说话方式对外省老师而言,确实是十分困难。有时学生发生纠纷,老师听他们告状,早被谁打谁、谁骂谁弄糊涂了,解决的方法是不论对错都一顿毒打,当时是流行体罚的,打完后就天下太平了,那怕太平只是个假象。

台湾社会在推行"国语"上,真不知闹了多少笑话,尤其在教育资源比较匮乏的地方,但所幸困难后来都一一克服了。后来就是在偏僻的乡下，"国语"也都可通行无阻。台湾人现在说"国语"，还有相当多的地方腔调，但与同样属于南方的香港、澳门人而言，台湾人说的"国语"确实比他们要好得太多了。

　　县以上的政府都有"国语推行委员会"，负责推行"国语"的整体规划，学校与各项媒体负责执行。说起媒体，不能不提《国语日报》，它对台湾"国语运动"贡献很大。《国语日报》为了适应小学生阅读，只用一般报纸的半开印刷。它的特色是报上的每一个字都注了音，小学生只要上过一年级最初的两个月，把三十六个注音符号学会了，就都能念上面的字了。有三十六注音字母的注音符号表面上看比罗马拼音的二十六个字母要多，好像比较麻烦，但好处是标音的时候，每个汉字最多不超过三个符号，比采用罗马拼音最多要用六个字母方便。用注音符号注音，可以轻易地将注音标注在汉字旁边，不论直排竖排都不影响字距，而采用罗马拼音因为怕影响汉字的字距，不得不把拼音的部分另列一行，学生要在另一行上找出对应的音读，不得不费上一番手脚。别看只差这么一点，对初学的人而言，其效果却有千里之遥了。这是台湾在推行"国语"时用的利器，注音符号是采民国初年章太炎等学者的意见，参考《说文》的部首制定的，大陆原可采用却没有采用，可惜选择了另一个方向。

三

十多年前我访问厦门大学，一位研究语言学的学者私下找我，问我能否帮他们募一套《国语日报》的合订本，他说他们大学的一个机构正在做有关台湾"国语"推行运动的研究。我回台打电话到《国语日报》问，报社说他们除了有《古今文选》的合订本之外，并没有报纸的合订本，我问他们是否做了"微卷本"（Micro film），他们说也曾有人建议，但限于财力，当时没能力做，不知道十多年后，他们是否做了。

《国语日报》是台湾推行"国语"的大功臣，同时它记录了这个运动的始末。对几乎所有受过教育的台湾人而言，一生之中，总与它发生过或轻或重的关联。这份报纸，到现在仍在发行不辍。我每次经过台北罗斯福路与福州街的交口，看到"国语日报社"还屹立在那儿，上面由胡适题的"国语日报"四字仍娟秀有神，便觉得十分欣慰。我也为我的孩子订过《国语日报》，由于它已融入我们的生活，就像对最亲密的人，我们的记忆反而比较糨糊，上面刊登过什么消息，几乎都忘了。但我保证所有《国语日报》的读者，都不会忘了上面刊登过的漫画，有一个四格式的漫画叫《小亨利》，还有一个单幅漫画名叫《淘气的阿丹》，都是转载自美国的报纸。《小亨利》里的"小亨利"是个光头的小男孩，每次见到他都是侧面，几乎从来没见过他的正面，而且故事老是发生在巷子里。而"阿丹"是丹尼尔这个英国名字的中国叫法，阿丹一头长发，天天惹事生非，在家庭与邻里之间闹出不少笑话。这两个小男孩陪着台湾的孩童长大，台湾的孩童长大了，有的已经成了老人了，社会更是物换星移，变异之快令人目不暇接，而漫画中的他们却还是原来的样子，几十年来，一点都没有改变过。

回顾台湾的语言历史，其中有快乐也有辛酸。台湾孤悬在海峡之外，与香港、澳门一样有同样的语言经历，都是经过调适困难，又是波折不断，台湾岛与大陆土地并没有任何接界，这点与港澳不同，在地理上台湾才是真正的"孤悬"。台湾也曾受到外国的长期侵占，所以台湾文化中与港澳一样有相当程度的"异国"色彩，但台湾的主流社会，还都认为自己是中国人。有一段时期，当大陆在破坏传统文化时，台湾人还以复兴中华文化为己任，当然这种文化认同与责任感，是受到某些政治力的鼓励。但大体而言，台湾人都有这项文化上的自觉，这种经验，又是香港与澳门人所没有的，也是与其他"海外"人根本不同的。

大陆把"国语"称作"普通话"，这当然是为避开多元种族敏感而采取的措施，没什么不对。但对我们台湾人而言，普通话是指所说的话可以与人沟通，没有严格的要求，说的话尽管没有卷舌音、收音又en与eng不分，并无大碍，只要人听得懂就可以了。有一次我在大陆演说，会后有人称赞我，说我的普通话说得很标准。我说，既说的是普通话，便没有标准与否的问题。其实大陆的普通话指的即是我们的"国语"，当然是有标准的，不过大陆不叫标准，而叫作"规范化"。

想不到风向轮流转，在台湾一直引以为傲的"国语推行运动"近年来却遇到了一些麻烦。近十多年，台湾的自觉意识强了起来，社会引发起来一阵所谓"母语运动"。这个运动没有什么不对，但这个运动被某些有心人士操纵，变成一种反对"国语"的运动，就完全错了。母亲当然不能忘记，记得母亲的语言也有必要，然而提倡"母语"的时候并不意味着要排斥另一种早为大家所接受并已成为沟通基础的"国语"。

推行"母语"的人士喜欢把台湾话称作"母语"，把"国语"叫成"中国语"或"北京语"，把政治上的情绪转移到语言上来，其实台湾绝大多数人说的"母语"，岂不是地地道道、绵延不绝地来自大陆的吗？

（选自印刻文学生活杂志出版公司2011年出版《家族合照》）

小镇书店

一

阅读让人超越局限。

生活在小地方，如果能穷览典籍，也可以使人放宽眼界，所谓"秀才不出门，能知天下事"，但穷览典籍需要有藏书，不幸当年我居住的小镇，根本没有图书馆。20世纪五十年代中期，我就读的县立中学，美其名曰有图书馆，然而收藏不丰不说，管理也不善，同学之间，几乎从没兴趣到图书馆借书的念头。那时能满足我知识欲求的地方是《中央日报》的阅报处，以及镇上的一两家书店。先说《中央日报》，《中央日报》是国民党的党报，当时国民党是执政党，所以它也是国民党的机关报，负担政令宣达的任务，机关学校以及各军事单位，都要订这份报纸的，这使得它长久以来是台湾的第一大报。

后来有人拿它来与大陆的《人民日报》相比，其实是不太能相提并论的。《中央日报》有许多"副刊"，有的介绍地理沿革，有的专供妇女儿童阅读，还有专门介绍健康医疗知识的专刊等，像是"地图周刊""儿童周刊""医疗与健康"等，可以应付许多人之所需。影响最大的是有一个专门刊登文学作品的"中央副刊"，副刊是每天有的，在报纸只出一大张半（共六版）时，副刊就占了一版了，可见副刊在报纸上的"分量"。副刊上刊登了许多文学创作，包括散文、小说与诗，偶尔有文学或艺术上的讨论，有时讨论会变成争辩或"笔战"，热闹得很，很多人是冲着副刊而看报纸的。副刊上还有一些世界文坛或艺坛的消息，在那段绵长又沉闷的日子，"中央副刊"往往成了许多人向往自由的窗口，当然也是一些人新知的来源。

报费低廉，但一般家庭还是不舍得订报，我们家当然更不可能订了。上学的时候可以到学校看，乡下学校的学生原不太有阅报的习惯，后来海峡风云日紧，国际局势诡谲多变，"教育部"要求各学校要讲授时事，还举办过时事测验、时事比赛，读报的风气才稍稍提高。到我读高中的时候，图书馆增辟了阅览室，里面陈列了各种报刊杂志，老师的办公室也订了报，只要有心，看到报纸的机会是不少的，但寒暑假时，就得到《中央日报》的分销处去看。

小镇《中央日报》的分销处在中正路靠东的那一边，在中山东路与育英街之间，同样有骑楼，奇怪的是当年行人总喜欢走西边的骑楼，靠东一面的很少人走过，所以相对冷清。《中央日报》分销处的旁边有一家卖木制拖鞋的小店，另一边是爿有碾米设备的米行，碾米机运作时会发出很大的声音，静止时一点声音都没有，碾米机很少开机，因此街道这一边，常像默片一样的安宁。每天上午九点多钟报纸才从火车站领到，分销处有很多事要忙，把报纸贴出来让人看，总要到十点以后，报纸张贴以后，不论什么时间，都是有人在看的。

当然当时台湾还有其他几家报社，譬如《中华日报》《台湾新生报》《青年战士报》之类的，民营的有《公论报》《联合报》与《中国时报》，还有一些更小的报，小报经营不善就把经营权卖给别人，当时言论管制，报社不能增加，经营报纸是种具有特权的行业。我读高中时《中国时报》还叫《征信新闻报》，它与《联合报》后来成为两家订报率最高的民营报纸，言论与讯息更加多元也更为自由，但势力上要与《中央日报》相抗衡，是我读大学之后的事了。

二

我另一个知识的来源是书店。在我读初高中之际，罗东有两家比较有"规模"的书店，一家叫罗东书店，一家叫新生书店，两家书店以卖书为主，兼卖各式文具。照理说在两条街相交会的新生书店生意会好些，但却不知什么原因，到我读高中的时候它就悄悄关门了。我读高中以后，镇上只剩一家罗东书店，在第一银行对街，那里比新生书店要接近市中心一些，人潮也多一点，但人多不见得会进门买书，对于书店的生意，好像帮助不大。

经营罗东书店的是一个瘦个子的广东人，我已忘了他姓什么，谈起他大家都叫他书店老板。在我记忆中，他上身老是穿着白衬衫或敞领的白香港衫，下身搭配着黑西装裤，说话慢条斯理的，有老派人的规矩，据说他在大陆读过大学，很有些文化底子。书店的两面墙上是顶着天的书架，架上排满了书籍，一边是玻璃厨柜，里面一排排放着各式漂亮的钢笔，厨柜上，放着新出版的杂志，任人翻阅。厨柜后面的那面墙上，是一片更高的玻璃柜子，里面陈列着奖杯、奖牌与地球仪之类的东西。老板还擅长书法，所以书店也卖些喜幛、寿屏等的东西，顾客选定后老板可以为你题写贺词，譬如"松鹤延年""珠联璧合"等的，每当小镇办运动会，奖旗、奖牌上的"强身强国""积健为雄"也多是他的字。

玻璃厨柜与对面高书架之间，有两块平躺的木板，上面放着封面朝上的比较通俗又畅销的书，新出版的言情小说占大宗，也有些教人书信的"尺牍"及天文历象之类的出版物。我读高中的时候，琼瑶开始流行，还有一个名叫金杏枝的，也不知道他是男是女，他们的书都像砖头般地厚，琼瑶的书都有个很有诗意又女性化的书名，譬如《翦翦风》《寒烟翠》《六个梦》《月朦胧鸟朦胧》之类的；金杏枝的书名也很复杂，譬如叫《一树梨花压海棠》《篮球·情人·梦》等，初看有些别扭，看久便也习惯了。那些书很吸引女性读者，封面也很花俏，红红绿绿地为书店增加了不少颜色。

有一次我到书店看书，在店后方老板办公桌旁边的地上看到一个篮子，里面有一只小黑狗，因为太黑了，几乎看不清它的眼睛到底在哪里，它不时愉快地叫着，引得很多人去逗它摸它，我也伸手去摸了摸，它还用它湿湿的舌头舔了我一下。想不到第二天我再到书店，听到一个也是广东人的书店伙计，跟书店老板讨论狗肉的烹煮方式，原来那只小狗昨晚已被他们吃进肚里了。我无法克制我对老板的嫌恶，甚至于对所有广东人的厌弃，我知道广东人是吃狗肉的，很长一段时间我没再进那家书店。但罗东太小了，为了新知与灵魂上的需求，我后来又不得不进去。

　　书店老板除了吃狗肉不可原谅外，其他方面似乎还好，他很少说话，但待人和善，最大的好处是他允许我们随意翻阅他玻璃柜上刚运来的新杂志，从来没有干涉过。杂志中有香港美国新闻处出版的《今日世界》、卜少夫编的《新闻天地》、雷震编的《自由中国》，更早时还有张其昀办的《中国一周》，不知道谁编的专门报导内幕消息的《纽司》等。到我读高中的时候，杂志业似乎发展蓬勃，出版品越发多了起来，介绍科学新知的有中国石油公司出版的《拾穗》，台湾铁路局出版的带有浓厚文艺腔的《畅流》，还有《野风》《文坛》《作品》《自由谈》等的刊物，后来又有夏济安与吴鲁芹编的《文学杂志》及《现代文学》。有一段时候，书店还卖香港的杂志，除了前面说的《今日世界》与《新闻天地》外，尚有《民主评论》与《人生》等。那时候一位名叫张国兴的先生事业有成，在香港办了家亚洲出版社，出了很多好书，他们还办了本《亚洲画报》，印刷精美之外，这本杂志竟还办过水平很高的小说的征文比赛，一度盛况空前。那些杂志我都是先在书店看的，有些好文章来不及看，就记得是哪本刊物，我读高中后，学校的图书馆渐上轨道，便到图书馆的期刊室去看完。我好像没有在书店买过杂志，但我几乎看过他们厨柜上所有的展示品，而且一期不漏，老板从不小气，从未阻止我们"白看"，这使得我对他的观念慢慢变好。

最吸引我的是摆在进书店左手边较内侧书架上的书了，当时台北有家新兴书局，出了许多汉译世界名著，都是白底封面，书名是黑底反白字，书名框框的边故意弄的不规则的锯齿状，他们出的书，不论厚薄，都一个式样，但部部有分量，洋洋大观，不可小觑。我就在书店，几乎全用站姿看完了他们陈列的书，其中包括托尔斯泰的三部大堆头的小说《安娜·卡列尼娜》《战争与和平》《复活》，屠克涅夫的《父与子》《初恋》，法国文学家罗曼·罗兰的《约翰·克里斯朵夫》《巴尔扎克传》与《贝多芬传》，当然还有英国小说家珍·奥斯汀的《傲慢与偏见》，夏洛蒂·勃朗特的《简爱》，狄更斯的《双城记》，雨果的《双雄义死录》，德国当代作家雷马克的《西线无战事》与《凯旋门》等。这些书绝大多数是在书店看完的，很少一部分是在书店看了前半部，再从学校图书馆借出来看完，但这么多书在架上一式排开，规模与阵容都令我惊讶，让我打开了世界文学的眼界，确实是从这家书店开始的。

在书店看书要遵守一定的规矩，首先要自爱，不要阻碍书店做生意，不可"霸"着位子，看书不可折页，要让整本书看完仍能保持新书的样子，这本事很难，但不时锻炼，也可以做到。还有个心理因素要克服，就是明明买不起，却也不要让人觉得自己在"白"看他们的书，所以看同样一本书的时间不能拖久，当然最好也不要站在同一位置看。看"正书"之前，要装模作样先翻翻其他杂志，再翻翻其他畅销书，最后把自己想要的书抽出看上几页，走的时候，再摸摸其他的书，一副无辜的样子，这样几周下来，神不知鬼不觉，就可以看完一本世界名著了。

有时还要养成同时能看两三部书的本事，不要老抱着一本书不放，这就更像在随意翻阅的样子了。然而这样忽冷忽热、一下高潮一下低潮，不同的故事不同的人物杂凑在一块，把阅读的线条弄得乱七八糟的，读起来不很舒服，至少很不畅快，但这些伪装是权宜之计，是不得已的。

三

有一天，我在书店碰上我的一个同学，他急急忙忙地找老板买了一本当期的《今日世界》，原来他正热衷于玩这本周刊后面的"填字游戏"，只要填对了寄到香港总社，就有机会得奖。他一买来就翻到后页，旋开钢笔当场填写起来，他摇头晃脑一会横一会直地填着，有时会问老板对不对，他已经跟老板混得很熟了，老板常会帮助他。遇到有一题，提示上说是英国小说家查尔斯·狄更斯的一本小说的中文译名，我的同学看老板，老板笑着要他问我，说："你这位同学上个月在我店里已经把整本的看完了呀！"我十分惊恐，只好问我同学书名是几个字的，他说是五个字，而且第四个字好像是"生"字，我说是《块肉余生录》①吗，同学顿了一下大叫对了，匆匆填上后千恩万谢地跑开，他必须立刻赶到邮局把填字游戏寄出，否则就迟了。我那时尴尬得不得了，书店只剩下我与老板，我必须独自面对老板诡谲的笑容，我长期以来费心的伪装，事实上早被老板拆穿。

我读大学之后偶尔回乡，常常第一件事是到那家书店去"重温旧梦"，琼瑶与金杏枝仍在，只不过曾喂饱我心中饥渴的汉译世界名著已越来越少了。老板与我很熟，会问我台北的消息。有一次我问老板，书店的书怎么越来越少了呢？那一次，老板显出了老态，精神有点涣散，他说那些书有的进货了十年也没法卖出，罗东天气潮，那时的书是用铁丝穿订的，放上几年，铁丝生锈断了，书都散了，或者书页沾着铁锈的黄渍，就都卖不出去了。

我读大学时，因为家教及其他机会，偶尔会有一笔收入，生活虽仍艰困，比起高中以前，算是余裕了些。我觉得自己对不起这家

---

①《块肉余生录》：大陆一般又译作《大卫·科波菲尔》。

书店，它在我人生最困顿的时候，曾免费提供支援，让我发现有更大的世界可以探索，鼓励我生存的勇气，因此我每次回乡，有机会就到书店去买几本书回来，算是对这位恩人的些许报偿，我买的书大部分是已快绝版的汉译世界名著，尽管那些书我早已看过。再过了几年，那些我习惯看的书已经没有在卖了，书店的书大部分都成了学生的参考书。当时台湾的学校流行补习，需要用很多辅导课业的参考书，那些出版品的销路很好，但有个缺点，就是当一家书店经不起利诱卖起参考书，就没法恢复以前的味道了。

后来我知道原来的老板把书店"顶"给别人经营了，原因是什么，没人明白，也许老板欠了债，或是老板老了，无力做下去。书店没有改名，招牌上的字还是老板的旧题，但气氛已大不如前，再过了几年，连改卖参考书的书店也歇业了。小镇当然比以前繁荣许多，到处都是贴满马赛克的新式楼房，街容当然大大改变了，楼房里面开了很多日式的餐厅，也多了几家卖泡沫红茶的店，汽车机车也是满坑满谷的，奇怪的是诸事繁华之后，却连一家像样的书店也没了。缺少书店的小镇，显得浮躁又虚无。站在人车喧闹的街上，让人不禁想到灵魂与躯壳相对的许许多多问题。

（选自印刻文学生活杂志出版公司2011年出版《家族合照》）

散落与连结

一 莫道儿

莫道儿像是个小说里人物的名字，小说是说一个孤儿奋斗的故事，你一定也会这样认为，我曾一度以为如此，是在我读初中的时候。

音乐课老师在教唱黄自写的《天伦歌》，其中有几句是"莫道儿是迷途的羔羊，莫道儿已哭断了肝肠"，后面又是"奋起吧孤儿！惊醒吧，迷途的羔羊！"分明是说莫道儿是个孤儿的名字。

一直到高中，才知道是一场误会，原来《天伦歌》是首勉励孤儿的歌，要孤儿抛弃自卑自怜，努力奉献社会，"莫道儿是迷途的羔羊，莫道儿已哭断了肝肠"，歌词里的莫道儿不是人名，而是"别说我是"的意思。但音乐老师只顾教人唱歌，从不解释歌词，当年老师的程度也不行，他们自己也不见得懂，再加上以前的歌词总是文绉绉的，老是用些典故，譬如《天伦歌》的首句是："人皆有父，翳我独无；人皆有母，翳我独无。"原来是脱胎自《左传》的《郑伯克段于鄢》，那是我后来读了《古文观止》之后才知道的。

与我一样糊涂的是我的大女儿。一次她与我讨论也是黄自谱曲的一首爱国歌曲，当时这首歌是人人会唱的，那首歌中有句"守成不易，莫徒务近功"，她以为是说守一个城都不容易了，就不要随便地想到要进攻外国。照我女儿的意思，这首歌是一方面勉励国人要守住得来不易的革命成果，不要被好大喜功的人害了；一方面又主张和平，必须先从克制自己侵略的欲望做起。她的想法没有不对，但无疑是曲解了这首歌了，这是因为她把歌词里的守成想成"守城"，又把歌词里的近功又想成"进攻"了，原因是小学老师教唱歌的时候，可能根本没有讲解，或者就是小时候扯着喉咙跟着别人唱，连歌词都没有见过呢。有趣的是女儿跟我讨论这件事的时候，她已从国外得到音乐学位回来了。

有次我在台大的课上告诉学生我错解莫道儿的故事，大家听了都笑得合不上嘴。不久四月一日愚人节到了，正巧那天我有课，我走进教室，讲桌上恭恭整整地放着一张卡片。我把卡片翻开，上面用楷书写着"这是老师的节日，恭祝老师佳节愉快"，下面密密麻麻地签满了全班的人名，好笑的是在全班人名前面，他们不称自己学生，写的是"敬爱您的——莫道儿们上"。

二　目屎阿㸣①

在我读高中的三年中，突然对西方古典音乐产生了兴趣，伹家里根本没有唱机，听音乐得靠各种机缘。有时能在收音机里听到一些曲子，然而当时的广播很少有古典音乐节目，一般文艺节目会播，不过很难得播大曲子，只零零碎碎地播些短曲，如莫扎特的《小夜曲》、霍夫曼的《船歌》、舒伯特的《圣母颂》《野玫瑰》等，再加上还没有调频（FM）广播，所有电台都是调幅（AM）播出，音效也差。有时得到同学家去听，当时有唱机的同学不多，有古典唱片就更像少，偶尔碰上有古典唱片的同学，就巴结他放出来听。我记得班上一位同学家里有张柴可夫斯基的芭蕾舞剧曲《天鹅湖》《胡桃钳》的选曲，那张唱片翻来覆去地听，最后听到唱片几

---

① 㸣：闽南语注音是zàng。

乎给磨花了，杂音实在太多了才不再听。

高二的时候，一位高我一级绰号叫目屎阿欉的学长（很惭愧我
忘了他的正式名字）听说我喜欢音乐，一时兴起，曾带我到他家听
过唱片。他的绰号上有目屎两字，应该表示他爱哭，台湾话目屎就
是眼泪的意思，但我从未见他流过泪，也许小时爱哭，留下这个诨
名。他家在一个牙医诊所楼上，唱机是落地式的，十分气派，他的
唱片并不多，但有些平常难得听到的"大"曲子，其中好像包括贝
多芬、柴可夫斯基的交响曲。

我当时的音乐常识并不丰富，知道的曲目不多，他告诉我他
最喜欢的是华格纳的作品。他最熟悉也最喜爱的是歌剧《崔斯
坦与伊索德》（ *Tristan und Isolde* ）里的管弦乐合奏《爱之歌》
（ *Liebesmusik* ），每次受邀到他家，他必先放这首曲子，并且要我正
襟危坐地坐在客厅的方椅上"抱着沉静的心情"仔细地聆听。那真是
一首严肃中透露着光彩的大曲子，描写爱情的悲喜情节，令人回肠荡
气。可惜这曲子实在太长了，听一遍大约需时三十分钟，再加上整
首曲子的速度不只是Adagio（柔板），甚至是比慢板还慢的更严肃的
Largo（广板），带着一种宗教性的悲剧意味。目屎阿欉的身体不太
好，一点点的精神又被这漫长又悲哀的曲子消耗殆尽。听完这首，往

往没有意思再放我想听的贝多芬了，就是放了，也因为他不专心，害得我也不好意思再听下去，聆乐之行最后总是草草结束。

有一天我又受邀到他家，依往例听完这首曲子之后，他兴致尚高，我期望再听些交响乐或协奏曲之类的，但不幸的是他在取下唱片的时候，不知怎么一松手，竟然把那张宝贵万分的华格纳摔在地上摔破了，让他木然地站在原地好几分钟。我当时的心情很复杂，一方面同情他，一方面又庆幸此后不要再把精力放在那首过分悲哀的曲子上，就可能有机会听完他家中其他的珍藏了。但目屎阿橪学长也许太过忧伤，也许自此改变了聆听的习惯，也改变了对我的友谊，直到他高中毕业，再没邀请我到他家。从那以后，我又恢复了无乐可听，或者打游击式的随机"乱听"生涯。

大约过了三十年或者更久之后，我已经有能力具备自己的音响，并且比起以前来，算是可以挥霍又任性地购买唱片了，那可能是弥补少年时代的亏欠吧。后来我终于知道，《崔斯坦与伊索德》里的《爱之歌》，在华格纳的原作里并不称作《爱之歌》的，原作里面它是两段音乐，前面是歌剧第一幕的前奏曲（*Prelude*），后面才是歌剧第三幕伊索德唱的最后咏叹调《爱之死》（*Liebestod*），彼此并不相连，而演奏会喜欢把两段音乐连在一起演出，就变得那么漫长了。考究一点的乐团不喜欢把这首曲子叫作《爱之歌》，而会叫它作《崔斯坦与伊索德》中的《前奏曲与爱之死》（*Prelude und Liebestod*）。这段乐曲我至少听过十种以上的演奏版本，收藏的唱片也有四五种之多。其中印象最深的是原籍罗马尼亚的指挥家彻利毕达克（Sergiu Celibidache,1912—1996）指挥慕尼黑爱乐管弦乐团的那张现场录音的EMI唱片，那曲子他们演奏得真好，悠悠的弦乐在够大的空间飘荡，最令人夺魂的并不是音乐本身，而是曲子演奏结束，停了几秒钟，像是等待声音在浩瀚的夜空中凝结起来，整场一片静默，冷不防，有几片掌声响起，后来越来越响，变得绵密又热烈，让人终于又跌入现实。每次听这张唱片，就会想起那位目屎阿檽学长来，他如果在，不知会感动到什么程度。

三 牧师娘

从我家到学校的路上要经一座公园，公园里有小水塘，塘边嘉树成荫，错落着几个亭阁，看起来还算顺眼，我每次上下学都喜欢走过这里。公园的北门口正对着一条马路，路口有一间基督教长老会的教堂，这是小镇最老的教堂，灰色洗石子建筑，日据时代就有了。我每次经过，都会放慢脚步，有时会在此驻足一段时候，并不是我对宗教发生兴趣，吸引我的另有他物。

在这座教堂的后方，与教堂相连的建筑是牧师的宿舍。长老会的牧师一般不叫作牧师而叫作长老，但长老的太太还是得叫牧师娘，从来没听人叫长老太太为长老娘的。一次我经过教堂，竟听见一段亮丽的管弦乐从教堂后面的宿舍房间传出，就有一种"忽闻仙乐耳暂明"的感觉，转头发现是牧师娘在她的房间放唱片，音乐从窗口传出，走在街上就听得到。

这位牧师娘年纪还不到四十岁，脸孔胖胖的，头发烫成大卷式的，她放音乐的房间应该是她的客厅，两面有窗子，光线很好，光线不好的时候就开着灯，所以在外面也看得到她。音乐响时常看到她在房间里走来走去，像是在不停地擦拭家具或在整理东西，似乎从没看她好好地坐下来欣赏过，我一度还以为她是长老家请的下女呢，后来一位信教的同学告诉我，她就是牧师娘，是一点都无须怀疑的。

牧师娘无疑是个喜爱音乐的人，她放的音乐是一般比较少听到的曲目，但那时我听过的西方古典音乐不多，而且抓到什么听什么，一点系统也没有，所以我的判断也不准确。我只能说我对声音比较敏感，平时只能把听过的音乐存在脑里，没有能力爬梳，更谈不上整理，脑中存有许多乱糟糟的各不相连的乐段，只是像堆栈一般堆积着，毫无结构可言，所以音乐对我来说不能算是知识，顶多只是一团混乱的记忆罢了。

一次下雨天我经过教堂，并没有看见牧师娘，但我听见窗内唱机正放着雷姆斯基·哥萨科夫（Rimsky-Korsakov,1844—1908）的名作《天方夜谭》组曲（*Sheherazade*）里最惊心动魄的描写辛巴达航海冒险的那段，我特别靠近窗台，和着屋檐的雨声，把大约十分钟的终曲听完。那天我穿着雨衣，雨衣的头套像个特殊的收音设备，把收到的澎湃音响就近反射入耳，那真是一次极其怪异的聆乐经验。我呆立在大雨的窗前，如果别人看到一定会惊讶的，所幸那天并没有被任何人发现。后来有一天天高日暖，我听到她唱机上放的是奥尔夫（Carl Orff,1895—1982）的《布兰诗歌》（*Carmina Burana*），我站立窗前听了一会儿，正巧是曲中那个变声男高音怪里怪气地高叫时候，我看到牧师娘走进房间，只得匆匆离去。

我不信教，长老会又比较有群族特性，对他们认可之外的族群似乎不太欢迎，所以我无缘正式走进这座教堂。但我对这座教堂的信众，一直怀有一种特殊的祝福之情，说透了，竟然是因为他们有一位喜欢古典音乐的牧师娘。从我家到学校其实还有其他通路的，在我发现教堂后的乐声后，后来的一两年之间，我不论上学或者回家几乎都只走这条路。

后来我常常思考那段聆乐之旅对我一生究竟发生了什么作用？我不是个早慧的人，这可由我从少年到青年时代对一些歌词的误解看出来，我大概天生喜欢音乐，但我生长在一个毫无音乐成份的家庭，我在收音机里、在同学家中，当然也包括在学长目屎阿欉的家里听来的音乐，都是零散又欠系统的，在牧师娘窗外听的，更是忽长忽短，东一段、西一段有头无尾的，这些乐段散居各处，彼此毫无关系，有一点像散落在外太空各不连属的陨石。我只是随兴又随缘地听，听多了，竟然也有发现。那些各不相属的东西之间，其实有一种看不到的神秘力量在牵引着，这有点像太空里的陨石各自独立、各不相属但却没有碰撞，它们其实都被看不见的磁力规范在轨道上，只不过那磁力与轨道我们都看不到，从这点看，散落的陨石并不是那么孤立，它虽渺小，也是宇宙秩序的一部分。

一天我重读朱子《大学格物补传》，突有所悟，朱子说："一旦豁然贯通焉，则外物之表里精粗无不到，而吾心之全体大用无不明矣。"句中的豁然贯通不只是知识经验，而是指精神契合与会通的生命境界。小时候零零碎碎地从各处得来的音乐"素材"，后来自有机会加入各种知识，逐渐形成对音乐或艺术的整体认识。而音乐与非音乐，艺术与非艺术，科学与非科学，从更高的地方看是一体的，彼此依存，彼此激荡，形成了整体的生命。人生在某一个奇妙的阶段会突然说我懂了，这时候，一些本不相关的事相关了，本来没有连接的事看出了连接，原来，那就是意义产生的经过。

在艺术欣赏的过程中，欣赏者常会把艺术与自己的生活连接，回忆与想象充填了所有艺术的空隙，这是艺术欣赏不能排除主观与直觉的最大理由。我在听《天伦歌》时常会想起我无知的童年，听《崔斯坦与伊索德》的时候总会想起目屎阿欉，而听到风刮过壁立的海涛，小提琴像辛巴达驾驶的小舟冲破排天的巨浪般的奋力迈进，《天方夜谭组曲》里面那最惊心动魄的一段，我想起的，是许多许多年之前放这段音乐的牧师娘。

童年早已过去，目屎阿欉与牧师娘，还有许多以前熟识的人也都不知去向了。人世变化太大，不是我们能掌握预料的，所幸音乐依旧。

（选自印刻文学生活杂志出版公司2009年出版《同学少年》）

黄顺安

黄顺安的母亲在我家附近的菜市场内卖水果，她与我认识是因为妻偶尔向她买水果的缘故。十年前，黄顺安还是小学三年级的时候，由他母亲牵着，来到我家，他母亲十分恳挚地请求我协助黄顺安。

我原先以为是多么严重的事，我陪妻买菜时，会经过她的摊子，但我不曾和她谈过话，她带着孩子来寻求一个陌生者的协助，自然不会是小事，我心里想。但一谈话，我才知道不是那么严重，原来她带孩子来，是想叫我"教"他孩子扎一个灯笼，因为小学的老师，规定小孩每个人要交一个自己做的灯笼，作为劳作课的成绩。我小时候生长在乡村，虽然不能像孔子所说的，"吾少也贱，多能鄙事"，然而手工之类的事，大致上都还难不倒我。我问黄顺安，老师要他们做哪一种的灯笼？是不是有规定式样？但无论我怎么问，都得不到答案，他的母亲看着他，直叫他说呀、说呀，但黄顺安不敢开口，她其实也不怎么敢直接跟我说话，她看着妻说：

"黄顺安老师说，做得越漂亮的，分数越高。"

我后来答应他们母子，教黄顺安做一个漂亮的灯笼，我们约好，第二天晚上黄顺安把学校发的材料带来我家，我们看材料来"设计"一个灯笼，务须出奇制胜，母子欢喜离去。

第二天晚上，黄顺安准时来按我家门铃，他母亲也跟在后面，我看黄顺安带来的如竹签般细的竹条和玻璃纸，才知道根本无法扎一个难度较高的如兔子、金鱼之类的灯笼，只能做一个简单的小灯笼。我告诉黄顺安，把六根等长的竹条，扎成两个等边三角形、两个三角形底和顶相叠，就成了一颗六角的"大卫之星"了，我们就来做一个六角星的灯笼罢，黄顺安说好，于是我们就开始工作。但黄顺安一点都不懂如何把竹条扎成三角形，更不用说扎成六角形了。这个灯笼从裁截竹条、捆扎以至贴上玻璃纸，完全是我一个人在做，黄顺安坐在我旁边，一下看我，一下看别的地方，他的母亲，则是一径无言而有些羞赧地笑着。

　　黄顺安提着新做好的灯笼，他母亲则是千恩万谢的，他们离开后，我问妻，他们怎么知道我会做灯笼呢，妻也不明所以。第二天，妻从菜场回来告诉我，黄顺安的母亲告诉她说，黄顺安的老师要黄顺安做灯笼，黄顺安不会做，老师要学生做灯笼，那老师一定是会做的。"你先生不是做老师的吗？"于是就来拜托我啦，多么理直气壮的理由！

　　隔了约莫一个月，我走过她摊子的时候问她，黄顺安的灯笼得了几分呢？她说几分她不知道，但灯笼给学校留下来展览而没发下来，证明成绩尚不恶，只是她说黄顺安对"他"的作品并不满意，据说他同学有几个做了装了轮子的灯笼，还可以推在路上走呢。"我看老师你替他做得已经不错了，"她笑着对我说："我们黄顺安，真是歪嘴鸡还图整粒米吃呢！"

　　我和妻买菜的时候，尽量避免走过她的摊子，如经过不好意思不向她买些水果，而她总在称好算好价钱之后，又塞进一些水果，这样的人情，在我身上已形成一些心理压力了。后来我们知道她丈夫在做铺柏油的工作，个子矮胖，面孔黝黑，偶尔天下雨不外出工作的时候，会帮着她卖水果，他总在旁边帮着装袋，嘴里嚼着槟榔，似乎从来没说过一句话。

就这样，十年过去。菜市场依旧是菜市场，嘈杂混乱，每天充满着新鲜、又堆积着同样的污垢。黄顺安上国中的时候，我见过他一次面，那时他穿着藏青的夹克制服，站在水果摊边上，已经比母亲高了，但因为他父亲不高的缘故，我判断他不可能再长高多少。我和他们母子寒暄了几句，没说什么具体的话，这是我最后一次见到黄顺安。

那天我到邮局寄挂号信，回来的时候经过菜市场，中午时分，阳光从杂乱的布棚之间垂直射下，和四周黑沉沉的背景相对照，形成一种诡异而特殊的气氛。菜市场已经没什么人了，黄顺安的母亲在收拾摊子，笑着说好久没见我的面了，我也说是。随即问她黄顺安现在在读什么学校，"他啊，已经不读了，"她说，"去年高职毕业，现在在一家冷冻食品厂当工人。"

"那很好呀，可以赚钱孝顺你啦。"我说。

"有什么好？他自己花都不够呢。"她沉吟了一下说，"还是像你们做老师的好，赚得比他多，又有寒暑假。”

我想起十年前，她牵着黄顺安的手，羞赧地来按我家门铃的样子。在她心中，老师这个职业，包含了多少我们身为老师的人所不了解的意涵啊。可能有一段时候，她曾期望黄顺安能够做一个既赚钱、有寒暑假、又有许多一般人所没有的才能的老师吧，这个才能，甚至包括会扎纸灯笼呢。

“你没有怎么吧？”

我一定站在那里太久。我跟她说没有怎样，然后走回家来。我，不只是我，还有世界都没有怎样。十年已过，如果没有过去相对照，整个世界的一切，都好像静止着一般。

（选自尔雅出版社有限公司1997年出版《冷热》）

吕阿菜

吕阿菜是个女的出租车驾驶。

星期二我和妻在路上揽了一部黄颜色的出租车，我们并没有太注意驾驶，直到她问我们要到哪里，才听出来是个女的。女性开出租车，在城市也算不上稀奇，所以当时我们并不以为意。

在一个路口等红灯的时候，我注意到在驾驶座右方所放置的那张营业小客车职业登记证，上面的名字是男的，而那个名字跟我学校里的一个同事是一模一样的。我指给妻看，妻有些诧异地说，完全一样的名字，竟有那么巧的事呀。驾驶注意到我和妻的谈话和表情，很亲切地问我们有什么好笑的事，我把我们惊讶的原因告诉她，想不到她说："笑死人，想不到他还做大学教授了呢！"

　　她说那是她丈夫的名字，她丈夫也是开出租车为业的，我问她难道她没有办营业登记吗？为何不放自己的登记证呢？

　　"怎么可以不登记，警察查到，一次就要罚好几千的。"她说，"我的名字太坏了，不好放在外面给人家看。"

　　她从她丈夫登记证后面拿出一张崭新的黄色登记证，上面写了她的名字"吕阿菜"，照片是一头卷发并有些富态的一个妇人。她无疑是个十分坦荡的女人，虽在名字上有些顾忌，但她对我们是信任的，否则她不会把她认为坏的名字告诉我们。

　　"你的名字不坏呀，有什么不能让人看的？"我说。

　　"菜是让人配饭吃的，做牛做马一生，通通给人吃了，还有不坏的？"她说，"我几次想去改名，但这个名字是我已死的祖父取的，又觉得不该改。我结婚的时候，我夫家也嫌我名字不雅，给我取了个名字叫美惠，要我到户籍那里改掉，后来连生了几个孩子，家事忙得不得了，也就没有去改了。"

　　"你幸亏没有去改名，"我说，"名字原来就是要让人辨识用的，你现在的名字好写好记，如果换成美惠的话，反而让人记不住。要知道，台湾女人叫美惠的，没有十万，也有七八万人呢。"

"话是不错，可是菜是给人吃的，不管怎么说，总是不好。"她说。

"放眼世界，所有的东西不是让人吃的就是让人用的，譬如有人姓汤，岂不是要让人渴吗？姓牛岂不是要让人牵去耕田，或者给人宰了吗？姓马的，岂不是被人跨着骑？"我说，"从另一边想，能够给人吃、给人用，表示他不是废物，这还是好事一桩呢。"

她停了会儿不说话，可能在反省这件事。过了不久，她又说了：

"我祖父瞧不起女孩子，叫我阿菜是随随便便、青青菜菜的意思，反正在他眼中，女人是低贱的，所以取了这个名字。结果他什么都没猜中，唯独这件事给他料到了，我这一辈子受苦，生了几个小孩后，还得开车赚给人家用。"

"你想错了，所以这么丧气。"我说，"就是以菜这个字来说，现在菜价一天一天地涨，可见菜一点都不低贱。何况你祖父为你取这个名字是要你平凡、平安的意思，俗话说'平安是福'，你的名字既不贱又有福气，你怎么可以怨你祖父呢？"

她终于不再说话。我们的目的已到，我示意请她停车，她在找零的时候回过头来，我和妻发觉她除了胖了一点外，其实是一个面容相当姣好的女子呢。

"谢谢你啦，"她说，"今天很高兴，遇见懂姓名学的你。"

我原本想告诉她我根本不懂什么"姓名学"，但还是没说。在我关上车门准备离去的时候，我看到她取下她丈夫的营业登记证，将她那张黄颜色崭新的登记证插入空出的塑胶框内。我很高兴她恢复了生命中的某些自信。我们都是凡人，但有时候一些小小的自信，是可以让平凡的人产生一些意义的。

（选自尔雅出版社有限公司1997年出版《冷热》）

山海之间

"联副"约我写淡江校园巡礼，我只能写一些从自己记忆观景窗看出去的地方，无法全面。我随意写，不求公正周到，因为写全面才须要公正周到。

我1982年到淡江任教时候，淡江还不是一所太大的学校。到淡水不要说没有捷运，就连今天从北投到关渡的大度路也没开通，一早从金华街的淡江城区部赶到淡水上课，得搭一个小时的交通车。车子从北投弯到新北投，再绕过有政工干校的复兴岗才到关渡，关渡过后走一小段很窄的山路，经过竹围，越过一个大坟山才到淡水。车子还没进淡水镇，路边就看到一个漆成白色的华表柱，上面写着"淡江大学"四字，从这儿右转，经过邓公路、学府路才到英专路，路底就是学校了。这所学校早年以办英语专科学校起家，学校前面的路叫英专路，还有些"饮水思源"的味道。

那华表的后方不远处，有个不小的荷塘，秋天开学了，还看得到一大片粉红的荷花，邓公路的两旁，栽着一株株高大的尤加利树。我后来听一位历史系的老师说这条邓公路是写错了，该叫定光路的，路首一座鄞山寺，所拜主神名叫定光古佛，以前鄞山寺也叫定光禅寺，台湾语定光、邓公声音一样，所以写错了，真是错得离谱。不过世上像这类的错事不少，也就见怪不怪了。

我在淡江的日子过得舒适愉快，第一是淡江的风景很好，有山有海的。淡江在淡水河的入海口，一个名叫五虎岗的小山坡上，站立其上可以看得很远，朝西是观音山，朝东是大屯山，朝晖夕阴，都很有气象。早年十多层的商管大楼还没盖，人站在海事博物馆前方的草坪朝北看，是可以看到海洋的，晚上安静时，还听得到海涛的声音。冬日午后，与学生列坐草地，或吟唱或谈话，真觉得天高日远，胸怀也跟着扩大起来。

其次淡江的同人相处得很好。我在中文系教书，其他科系我不清楚，但感觉也是一片祥云。我们的中文系当年真是和谐，系里有事，大家分着做，几乎从没发生过争执。系里几位老教授，有王久烈、王甦、王仁钧（号称"三王"），再加上本职在学校秘书处的白惇仁、申庆璧等先生，他们辈分高、学问好，却从不摆架子，对我们这些新生晚辈，也礼数周到。年轻一辈的，多与台大有些关系，譬如聘我进去的韩耀龙是台大研究所毕业的，系上的施淑女与李元贞，都出身台大，还有位诗人何金兰，她算我台大的学姐（但年龄比我要小），我进淡江的时候，她又从巴黎第七大学拿了个博士回来，还有与我同时应聘的，是我台大的同学林玫仪。这不是说淡江是台大人的天下，淡江也有师大、政大乃至文化大学"系统"的人，淡江在我进去的时代还没有研究所，没有自己的人可用，这样缺乏"山头"，却让她格外地有容乃大了。

台大人一向松垮垮地没什么组织，但有个好处，就是自由，不但自己自由，也独来独往地不喜欢干涉别人，所以在淡江的生活可以过得毫无拘束。到了龚鹏程主持系务的时候，又找了很多有本事的人来"玩"（龚鹏程的说法），虽然是各路好汉，不以台大人为主，但自由的系风还保留不坠。原因是淡江离台北很近，有本事的人除了教书之外还有其他要忙，根本没空也没心在这小地方争名夺利，加上学校行政当局对老师也算尊重，没事不会干预老师的教学，所以在这儿待着，都觉得天高皇帝远似的。在淡江如打算颐养，是个适合颐养的所在，打算做学问，也是个不受打扰的做学问的好地方。

在这天地之中，淡江的学生也比其他学校的学生显得自信又快乐些，20世纪六七十年代台湾流行校园民歌，淡江就是发源地。我在中文系教书的第一年，除了教大一国文之外，还担任他们班的导师，就是孙维俭、曾子聪那班。这班学生一开学，就编了本《草生原》的刊物，刊名用的是郑愁予的诗，有特殊的韵味，刊物以诗与散文为主，其中偶尔还有插画。由于是自己刻钢板油印，有时整本书弄得脏兮兮的，但编得很有趣也很精彩。这本刊物，一直按期出，直到他们毕业，我还收到一两期，不过已改成打字版了。他们后面的，就是陶玉璞、陈明柔那班，也是由我教大一国文及兼导师，这班学生也是从大一开始编班刊，刊名是开班会决定的。记得我不久前跟他们讲苏东坡《临江仙》，就是"夜来风静縠纹平，小舟从此逝，江海寄余生"的那阙词，结果大家决定用《临江仙》做刊名。我觉得这名字取得浑然脱俗之外，又十分贴切。临江的江可以指淡江，再加上大一新生，都还是仙子一样美丽的年代，还有比它更漂亮的名字吗？

我当年教大一学生，为学生开了个必读的书目。由于是中文系，有关中国文化、中国文学的专书系上都开有课程，以后他们都会陆续读到，所以我开的书目以世界名著为多。当年坊间有一种名叫"新潮文库"的丛书，多以名著汉译为主，书前有专文介绍，书后又多附有作者的年谱或著作目录以备参考，虽然印刷不算精美，但定价低廉，很适初学阅读。

学校山下有家"文理书店"，女主人很欣赏我们的阅读计划，一些早已绝版的书，她不但帮我们到处去"调"过来，还以极低廉的价钱供应我们，一天学生兴冲冲地把成捆的书搬上山。我将全班五十多人分成五组，每组十人左右，规定学生每人一周阅读一本，先在组内交换着读，一组读完再与别组交换，这样一年五十二周，每人就可以读完五十多本书了。我还要学生每"轮"完一本书，都签名书上，以留纪念。

我还规定学生每天写阅读日记，这日记只记与阅读有关的事，最好是笔记心得，如果没有，抄几段自认为有趣的文字也行。这阅读日记我是要看的，每周依组来看，所以负担并不重，我会在上面写些评语，绝不只画一勾了事。我如此谨慎来做这事，是要求学生真正读一些能开启他们智慧的书，五十多本他们不见得每本都认真读，但这些书在一年之内，都在他的手上停留过，使他知道世上有这么一本智慧的结晶，绝不是坏事。我常想如果没有这样的规定，他们也许大学读完，都不知道有这一本书呢。一年后，他们大一生涯即将结束，我要大家把书带来，集合之后再分发他们每人一本，至于该分到哪一本，则由抽签决定。我跟同学说，这本签着全班姓名的、累积着很多人的笔痕与泪水的旧书，可能是你们一生最重要的珍藏。

我想学生是有收获的，但所得到底有多少，不要说我不知道，连学生也不见得清楚，心灵的成长须要长时间去印证。我偶尔会收到学生的信，有的有名字有的没名字，多数是感谢我给他们机会，藉着阅读，看到了这世界他们不曾看到的美景。

一个在读大二的女生圣诞夜打电话给我，说不是祝我圣诞节快乐，而是要告诉我她刚刚读完第一百本课外读物，她想我一定喜欢听到这个好消息。我问她第一百本读的是什么，她说是史坦贝克的《人鼠之间》，我说那是本不很好读的书啊，她说全书很黑暗晦涩，但她接着用哲学家的口吻说："老师，一点点的光明，不是藏在无尽的黑暗之中吗？"宋儒说读书在变化气质，求气质变化，是需要经年累月的，不可望其速成。古人常用"春风风人，春雨雨人"来形容教育，春风春雨是指令人成长的和风细雨，绝不是指令人摧折受伤的狂风暴雨。有时候，被我们诟病的"效率不彰"，在教育上，反而不见得是坏事。

我喜欢在我初期任教淡江时的景象，学校只负责提供我们自由的空间，就好像画布的功能一样，你在上面画什么，它从不管你。但在这种气氛下，老师并没有因此而懈怠，而学生也没因此而学坏。当时生活的速度，比起今天来要缓慢一些，用音乐的术语来说叫作"慢板"（Adagio），音乐里面，最美一段往往在慢板。这世界有那么开扩的天地任我们俯仰，有那么美的山岚海风让我们饱览，又有那么营养且舒适的空气，让我们的肺可以徐徐张开、缓缓收缩吐纳，世上的一切，都是那样谦和又自足的存在，我们还有什么更重要的事要赶呢?

但是这样的风景，好像只有在悠远的记忆中找寻了。

（选自印刻文学生活杂志出版公司2016年出版《有的记得，有的忘了》）

附 记

　　这一辑同样选了八篇文章，所记略略从自我朝向外，记了一些离自己稍远的事，广义地说，也都跟受教或施教的教育问题有关。

　　大体而言，台湾的经济发展比大陆要早些，大约早个二十年吧，在一度经济突飞猛进之前，台湾其实还是个很穷的地方。我童年随着姐夫的军队撤退到台湾，住在台湾东部的一个叫宜兰县的乡下，我从童年经过少年到青年的初期，是在宜兰度过的。《稻田里的学校》《书法的记忆》《说"国语"》三篇，写我青年之前在乡下受教的情形，当时生活穷困，人的注意力与价值观往往跟现今的人不同，后来想起来，也觉得有趣。我很怀念当时的生活，在草莱而朴素的环境之下，人性真实一面总是比较容易展现。

但当时的教育环境是乏善可陈的，其实不只教育，其他方面也是一团糟。大人忙于生计，很少注意到孩子教育问题，从事教育的团体与个人，也多是一片涣散。整体而言，生存比其他一切都重要，而且重要得多，而政权的生存的价值又明显超过个人的许多，所以社会自由的气氛不多，那是一个困穷又集体意识极强的时代。《书法的记忆》中写了在中学教书的一位极有才气的书法家，帮学校在墙上写有关道德与政治的标语，弄得一身脏兮兮来上课，平时这位书法家已是半疯，写标语的时候竟成了全疯。当然也许都迫于生活上的无奈，可见教师在那个时代也被扭曲得厉害。

但因为大人被迫于生活，无心管我们做孩子的教育，所以我们这一代的童年与少年，反而比较没有压力，比较能过自由的日子。我回想童年的自由往往来自贫穷，假如我活在我子女的时代，成绩不好当然更难受，成绩好又被逼着得考上名校，成天在各科补习班转，那有多辛苦呀。

我庆幸我一生没参加过任何补习，我后来有两个女孩，内人与我也从不让她们参加任何补习班（才艺课除外），让她们在教育这环节没经过太多的捆绑与约束，在人性上保持了某些可贵的"天足"，我一直想，这可能是我对她们一生最大的贡献了。

　　我想起我的童年，比起她们一代来确实自由多了。我的泳技是在小溪中学来的，夏日跟大群"野孩子"一起玩，找一片水流平缓的河面，最好有水牛浸泡的地方，那是孩子最好的戏水与学习游泳的区域，在水里泡久了，自然会游泳了。我少年时常陪我母亲到铁道边采拾野菜，野菜以马齿苋与蕨类为多，一般是没人吃的，但穷人家还是得吃。我因有采食野菜的经验，后来读到《诗经·周南》里有"采采卷耳，不盈顷筐，嗟我怀人，置彼周行"的句子，特别觉得亲切。铁路上不时有火车经过，当时的火车不论客车或货车，用的都是蒸汽车头，每次经过都地动山摇的，母亲与我当时站立在浓烟蒸汽与轰然的巨响之中，母亲想什么我不知道，在我则趁着这空当，做了无尽的有关时空的幻想。

　　我读高中时有幸读了一本美国科学家写的《相对论入门》的书，才知道爱因斯坦发现相对论，是受两列对开而来火车的启发，因而讨论时间是绝对或相对这一观念。我当然知道自己的幻想只是幻想，完全不能与爱因斯坦的"等高"，但这个经验是我一生的珍宝，它让我在此后的岁月中，思想不太受一地或一时之所限，也不太因受打击而沮丧，很多时候，我总是有想要把自己更朝外展开一点的气势。虽然不见得成功，但我一直觉得有这个东西很好，我总想一些有关超越的事情，它使得我到老还有好奇心，想要探索现实之外不可知的世界，我想这些"资源"可能都来自贫穷又无助的童年。

我还有一个奇险的遭遇是阅读。我读高中的时候一天三餐往往都有问题，哪里有展开阅读的条件？但我幸运，碰上一位有点落魄文人气质的生意人在我住的小镇开了一家书店，让我有机会展开我浩瀚的阅读之旅。我说他有落魄文人气质，是他有文学素养，否则那家书店不会陈列那么多文学书，说他是生意人，是他如不做生意，我当然不会有机会参加那场文学盛宴，他让我饱饫了中外名著却从未出过一毛钱，开书店总有营利目的的。

书店几乎有两整架的文学书，其中大多是中译的世界文学名著，包括旧俄与英国、法国的作品，以小说为多，作家有俄国的托尔斯泰、屠格涅夫、陀思妥耶夫斯基，法国有巴尔扎克、大小仲马、雨果与罗曼·罗兰等，英国有珍·奥斯丁、狄更斯、康拉德、D.H.劳伦斯等。宜兰夏日炎炎，雨季霪湿，而四周所见皆是愚人，空气则不论政治或非政治的，都停滞又沉闷，往往令人窒息。我处处碰壁，走投无路，幸好文学的世界宽广无限，只有走到文学的世界，能够帮我开拓想象，躲避灾祸。

所以我得感谢一生有此奇遇，经此奇遇才知道，生命当遭到阻碍，会自己寻找出路的。苦难与阻碍，当然能避免就避免，万一避免不开，结果也不全然是坏的。这不见得是消极或退缩，过来人都知道，有时候毅然跳出的行为，里面其实藏有刚健的成分的。

我想再来谈谈《散落与连结》这篇文章。这篇文章由三段不同的短文组成，所写是我小时候听音乐的经验。我小时因生活贫困，根本谈不上有接受美育的机会，绘画与音乐，对我而言都是奢侈的物品。但人只要活着，就算环境险恶，也会碰到有关美的东西，也许东一点西一点，前一块后一块，彼此没什么关联，好像有一些作用，譬如抚慰之类的，但细看却看不太出，那小小的影响从来不是整体的。但整个人生，不论从"四肢百骸"来看或从时间来看，生命是一个有机体，让一点点不起眼的东西进来，可能就"化"为滋养全体生命的重要资源。我一直觉得艺术在我整个人生中有极大的作用，文中重要一段是：

一天我重读朱子《大学格物补传》，突有所悟，朱子说："一旦豁然贯通焉，则外物之表里精粗无不到，而吾心之全体大用无不明矣。"句中的豁然贯通不只是知识经验，而是指精神契合与会通的生命境界。小时候零零碎碎地从各处得来的音乐"素材"，后来自有机会加入各种知识，逐渐形成对音乐或艺术的整体认识。而音乐与非音乐，艺术与非艺术，科学与非科学，从更高的地方看是一体的，彼此依存，彼此激荡，形成了整体的生命。人生在某一个奇妙的阶段会突然说我懂了，这时候，一些本不相关的事相关了，本来没有连接的事看出了连接，原来，那就是意义产生的经过。

我把这段文字重引一次，希望做父母或教师的人容许孩子在各方面探索，就是犯了错也不要紧，很多材料，看起来一点都不重要，但只要生命够长，一些不重要的东西往往会变得重要，一些彼此不相连的东西，有一天竟会神奇地整合重组，成为支援生命最重要的素材，我们不要否认，一生中定有几次会如朱子说的"豁然贯通"的时候。

《黄顺安》与《吕阿菜》都是生活在台北的真实人物。黄顺安母亲在我家附近的菜场卖菜，一天牵着读小学的黄顺安来找我，请我"教"黄顺安捆扎一个纸灯笼，说是学校规定的作业。我问她怎么来找我，她理直气壮地说，是学校老师叫黄顺安扎灯笼，她不会扎，只知道我是老师，想我一定会扎的，便来找我了。我一听也觉得有理，她的理不是学院的理，而是市井的理，幸好我也有点基本的手艺，便帮黄顺安扎了一个他要求的灯笼了。吕阿菜是我遇到的一位女性的出租车司机，她对她的名字有些自卑感，在我解说之后，她似"重建"了信心，知道任何人都有与生俱来的尊严，这尊严不在名字，也不在社会的位阶，而在她自己的心灵中，文末写她展开了自信。任何有自信的人，前面展开的，一定是坦途，即使有些不顺遂，自信也会帮他排除，这叫"涉险若夷"。

最后一篇《山海之间》是应《联合报》邀请写"大学校园巡礼"的系列文章，他们邀我写淡江大学，因为我曾在这个学校教过书，我答应他们用个人观点来写，因为我没能力也没兴趣写全部。我在回"母校"台大教书之前，曾在淡江的中文系任教十年，那所学校在台湾北端的海与山之间，风景宜人，现在想起，那边的同事与学生可怀念的真不少。我做导师的那班，我规定除了中文系的课程之外，学生必须选读世界性的文化书籍，以扩充自己的视野。指导学生阅读这类的书，教师的负担自然加重了，但是值得的，看到学生眼界宽广，学兼中西，做教师的虽疲惫，终算有了报酬。假如说我的同事或同学比我强，虽然说的实话，我还是会出于防卫的心理有些不能接受，但如说我的子女或学生超越了我，我会比赞誉自己更快乐，这是所有做父母与教师的心境。韩文公说得真好，他说："弟子不必不如师，师不必贤于弟子。闻道有先后，术业有专攻，如是而已。"

阅读要广，在展开阅读时，不必考虑实用。最实用的文字是工具使用手册，我们不能靠阅读手册过一生吧？

任何一方的成就都需要有真的本事，

当然也要有机会，

但机会只对有本事的人才产生效果。

本事不是凭空得来的，

一定要经过磨练甚至苦练，

这是重要的关键，

然而一般人却往往忽略了它。

第3辑

大提琴家的左手

这是很久以前的一场经历。

演奏会结束了，我们到后台去向这位国际知名的大提琴家致敬，这位俄国血统的大提琴家十分热络好客，他曾说他一生最喜欢朋友、提琴和伏特加酒，而这三个东西都是从F这个字母开始的，所以有人叫他是三F音乐家。这是站在他旁边的一位友人向大家介绍时说的，大提琴家连忙说不，他说："我是四F，第四个F是女性（Female）。"

"那好，"在他旁边的友人笑着说，"等下大师和各位寒暄时，男性朋友一律握手，女性呢，一定要亲吻哟！"

他的话引起一阵大笑。"大师"并没有要求和所有女性亲吻，只是对比较胆小害羞的小女孩逗着玩罢了。我们走到他面前，他伸出右手跟我握手，我说："真是漂亮的演奏呀！尤其是布拉姆斯那首。""我也觉得。"他十分高兴地将他的左手压在我被他握着的右手背上，我突然觉得手背一阵刺痛，像是被什么割着似的，但当时为了礼貌，不好意思缩手，他一定看出了我的表情，将他左手在我面扬了扬，说：

"比木匠还粗的一只手，是吧？"

那确实是比木匠还粗的一只左手，拇指和食指中间虎口的地方，长着一层像脚后跟的厚茧，而从食指到小指的指尖部分，也都长着一种像蹄一般的粗皮。这些蹄状的粗皮，如果盖住他的指纹，那他就成了没有指纹的人。当时我想，假如指纹也长在粗皮上面，那他的指纹势必改变了原来的排列。我不该这么想的，原因是这不仅不好玩而且偏离了重点，那重点是什么呢？

我抬头看这位面容美好、神采奕奕的乐坛大师，谁会想到他的手是那样的粗糙呢。后来我才想到，那只长着厚茧的手，每个指头都因增生的皮质而变形，是因为他数十年来夜以继日练琴的缘故，虎口的厚皮，是在琴梁上摩擦出来的，四指上的蹄状粗皮，是按触琴弦而长出来的。那绝对是一只粗糙而丑陋的手，但美丽而神奇的音乐却由那里流出，像汩汩不断的清泉，可以拿来止渴，可以拿来明目清心，更可以拿来荡涤人的灵魂。啊，这样的音乐，原来来自一只已显然变形的手。

后来我听说，拉小提琴和中提琴的乐手，也会得同样的毛病。他们的手因为长时间在把弦上紧压琴弦，都会长出厚茧来，但究竟比不上大提琴，因为大提琴的把位较宽而琴弦较粗的缘故。另外低音提琴的把位更长、琴弦更粗，但一是低音提琴演奏的机会不多，二是低音提琴很多时候是拨弦用来作打拍子的乐器，所以低音大提琴手得这个毛病可能不太严重。不过据音乐界的朋友说，手指上长厚皮，在弦乐演奏家身上来讲，是再正常不过的事了。

还有一种"形象"极为优美的乐器——竖琴，是一种纯粹拨弦的乐器，担任演奏的，通常以女性居多，以致使人联想，竖琴家一定得是女性才行。演奏竖琴，须用十指拨弦，因此竖琴演奏家势必十指都会长出茧来，比起大提琴家，他们付的代价可能更大呢。

任何一方的成就都需要有真的本事，当然也要有机会，但机会只对有本事的人才产生效果。本事不是凭空得来的，一定要经过磨练甚至苦练，这是重要的关键，然而一般人却往往忽略了它。

　　我曾不止一次地把这个经历告诉我课堂上的学生，大多数学生都不太注意我的用心所在，我想强调这么美丽的音乐，原来来自那么不美丽的手。……有一次，一个学生打断我的话，他问："老师，那位大师究竟有没有亲吻女孩呀？"引起全班大笑。

　　　　　　　　（选自尔雅出版社有限公司1997年出版《冷热》）

长　笛

　　每个人都希望他的一生过得多彩多姿，因为照佛家的说法，成为一个人确实是不容易的。世上的生物有胎生、卵生、湿生、化生四大类，即以胎生一类而言，也有成千上万种，所以在世为人，是几千亿分之一的机会啊，怎么能够不好好地把握。但是要怎么"把握"呢？当人生进入做父母的阶段，会忽然发现自己的人生已"溜走"了一大部分，现在儿女出世，自己的错失千万不能发生在下一代身上。于是当儿女才牙牙学语，就让他报名参加儿童英语班；当儿女才刚走得稳路，就让他参加舞蹈班；小孩学着电视里的歌星唱歌，就觉得他必然有音乐的天分，让他去学小提琴、钢琴；当孩子才晓得了十进制，就觉得他是数理方面的天才，让他去学计算机、珠算……现代的父母，不见得都是没有知识的，他们会说："我并不要孩子成为李远哲，拿诺贝尔奖，我之所以如此，是要给我的孩子比我这一人更多的机会罢了。"

问题是我们要给孩子多少机会呢？人生只有一个，任何人所能走的路其实只有一条。举例而言，一个选择音乐的人，恐怕要终其一生地在音乐这条路上走，走的里程愈多，改变途径的机会就愈少；很简单，他每天用在他专业上的时间极多，已经耗尽了他的精神，他实在已经没有力量在另一条路上迈开步伐。同样地，一个从事文学、一个从事科学的人，只要走进他的那一条路，就很难能够走出来了，为他提供那么多机会，其实也是枉然的。

好像是托尔斯泰说的，富人的房子够大，但使用的空间不多，因为他躺下来，所占之地也不过七尺罢了。

上个星期的某一天，黄昏时分，我为了躲避下班的人潮，走进一家专卖的唱片行，三楼古典乐部正在播着录影带，原来是一部介绍上世纪著名指挥家的片子。老一辈的，有福特万格勒、托斯卡尼尼、华尔特、克伦培勒、毕勤与巴毕罗利等。那时的片子，当然是黑白的，声光不够好，但这么多历史上极负盛名的指挥家在眼前出现，不管影片是多么粗糙，仍然是令人震惊的。

影片介绍意大利指挥家托斯卡尼尼（Arturo Toscanini）时，一位学者说他是一个表面浪漫，但实际却是十分细心而严谨的音乐家，他一生从事指挥的最大成就在于忠于原作。影片里有一段1952年他指挥纽约爱乐演出的实况，他风度翩翩，面孔的线条极为优雅，那时他已八十五岁高龄，依然可算是个美男子呢。他指挥动作流畅而幅度极大，足见他生命力的旺盛。那次演出的曲目我已经不记得了，奇怪的是令我至今难忘的不是影片中那个英气四射的指挥，而是在影片中出现了三次的一个长笛手。

那个长笛手名叫什么呢？我当然不知道。他是一个大约四十多岁的中年男人，头已经有点微秃，他的位置和其他的交响乐团一样，被排在乐团弦乐部中提琴手的后方，正好在乐团的中央。一般乐团里长笛的右边通常是短笛，左手边则是单簧管，后方的是双簧管和巴松管，这位长笛手的前后左右大致和一般乐团的没有两样。我为什么详细地叙述他在乐团中的位置呢？因为除此之外没有其他可以叙述的。由于影片是以指挥为主，乐团部分只被偶尔"扫到"而已，看不太出他们演奏的状况，何况，这位长笛手三次被镜头扫到的时候，正好是他无须演奏，静坐在那里的时候。

在这部介绍指挥家的影片中，乐团的成员，其实都是配角罢了，我们这位长笛手，更是个无声的配角。这位长笛手，我当时想，是不是在他刚开始人生旅程的时候就"立志"做配角的呢？他父母在训练他成为一个音乐家的时候，恐怕有更高的偶像来期许他吧，但在托斯卡尼尼的光辉下，他以无声的姿态，前后三次出现，也不过十几秒钟而已。其实能加入纽约爱乐，已经算是乐坛的翘楚了，一个长笛手要想成为蜚声国际的独奏家机会是不多的，要想成为一个乐团的指挥，机会更是微乎其微。既然选择长笛，就应该明白它是不太容易出线的行业，要安分地在乐团中做一个合奏者，四十余岁的他，应该已经了悟，人生虽多彩，但能走的路只有一条啊。

1952之后的第五年，托斯卡尼尼就去世了，那位长笛手如果还在人世，今天算算也该有八十多岁的年纪。有时候，人生还确实是漫长的，然而真想做些事，也不是那么容易。大部分人一生所做的，只是在烘托一个特殊人物的成就，就跟那部黑白影片所呈现的完全一样。

（选自尔雅出版社有限公司1997年出版《冷热》）

中国的牡丹

牡丹是一种饱满、富足，加上点肥腻感觉的花。牡丹的花色极多，红的、白的、黄的，有说不完的颜色。就以红色而言，牡丹有极深的绛红，像紫绒般的，有血一般的大红，也有令人眼睛为之一亮的洋红、粉红。有些牡丹的红并不是纯一的，而是掺糅了别的颜色，譬如像血一般红的花瓣，内侧是很浅的桃红；一种黄色的牡丹，花边则是红色，像是孩子玩折纸花，故意把纸边沾上其他颜色，色彩太怪了，让你觉得可能是假的。

牡丹之令人"惊艳"在于它的大，我以前见过的牡丹，花朵都极其硕大，最小的也有吃饭的饭碗那般，大的更有像盘子般的，跟夏天盛开的荷花有点类似。不同的是荷花总是被荷枝高高地托着，突出于荷叶之上，而牡丹的花枝并不高，它不是拔地而起的，它的颜色不像荷花的统一，最主要的是牡丹的花瓣周沿是锯齿状，不像荷花的圆整。牡丹一开似乎就盛开了，把蕊心尽数陈露给人家看，不像荷花总是含苞的多，即使在白天已看见花心的莲蓬，到晚上它还会把花瓣合拢，如果合不拢，就将到"花落莲成"的阶段；荷花比牡丹害羞多了，说它们相同，主要在它们都是大朵的花。

跟荷花比，牡丹对自己的美丽无疑是充满自信的，要看就让你一览无遗地看个够、看个透，一点都不小家子气，这是它与人世富贵产生联想的原因。牡丹有富贵家子弟的豪奢，什么都是大把大把的，它从不顾惜大排场大面积的彩色，有时显得浪费了，但它什么都不在乎。牡丹缺少含蓄蕴藉的美，燃烧的生命、夺目的颜色，旁若无人地展现自己，这是它够"透彻"的地方，也是它最要命的地方。牡丹还缺少姿态的美，至少我之前所看到的牡丹是那样的。1989年我在北京天坛附近的牡丹园见到的牡丹就是那样的印象。成排如碗盘大的盛开牡丹，颜色确实是争奇斗艳，然而每朵花都太统一了，尽管花种不同，这跟往常秋冬之际在台湾新公园看到的菊花展览一样，只夸张花的美丽，却把花都弄成一个样子，又与荷兰花市中的郁金香一样，一茎三叶，整枝花像从模子里倒出来的似的。天坛牡丹园里的牡丹，令人觉得糟蹋了这花国的名种。

花的美丽需要和它的枝干、叶子相陪衬，这一点十分重要。那次参观牡丹园的时候，解说员殷勤地告诉我们牡丹花栽培过程，他说牡丹花之所以能开得如此硕大艳丽，完全在于供应它大批的有机肥料，我们问他是哪种有机肥料，他说最好是动物内脏或是血，他提高嗓门说：

"前清时代故宫九龙壁前面种的牡丹花，可以说是天下无双，据说用的肥料是东市被斩人犯的内脏，花才开得那么大呀！"

不幸这种解说令我们大倒胃口。我突然看到牡丹花下面的叶子，叶子是绿的，但叶脉却是深红色的，像极了皮肤下的血管，而花茎部分则是纯然的紫红色，跟人类的动脉没什么两样，你如果仔细地看，似乎会感觉到它的脉搏在跳动呢，它到底是动物还是植物啊？那次，我觉得牡丹是一种近乎邪恶的花。

隔了约莫一年之后，我到一位旅居日本的友人家中作客，也是春天时分，朋友和室里的一个小几上放着一只高脚的浅灰色瓷瓶，瓶里插着一枝纯白的芍药，据说是从中国来的。芍药是牡丹的一种，但他家的那朵芍药，雍容中透露着清丽，叶子是纯粹的绿色，一点没有勾起我不快的回忆。牡丹，至少是名叫芍药的那种牡丹，确实是美丽又高雅的花呢!

在布拉格,牡丹竟成了十分容易见到的花了,一般人家的院子,总会长上一两丛,似乎不是刻意种出来的。布拉格的牡丹最多是粉红色的,都显得落落大方,花瓣不像我在北京看到的繁复,复瓣的大约只有两三层,花茎都是十分修长的,和茂密的叶子相称,在风中摇曳起来,十分有姿态。

院子里的牡丹当然是人种的,不会是自然长的,但即使是人种,却可以让它依自然的方式生长,不须给它过多的养分及剪裁,所以在布拉格见到的牡丹,反而是极具生命力的。有一次,我到科学院的东方研究所拜访朋友,中午时分,我们到餐厅吃饭,走在路上突然下起了雪,雪下得很急遽,不到五分钟,地上都铺上一层白毯了。我们经过人家的院落,黄色的迎春花隔篱盛开着,表示春天已快降临,就在那丛迎春花边上,一丛牡丹正在含苞待放,牡丹花丛的高度大概及于成人的腰部,一朵浅紫色的牡丹花瓣试探性地在雪中展开,那浅紫近乎天蓝,是大形花中少能看到的颜色。

我把中国人栽培牡丹的诀窍告诉同行的朋友,我问他们这里的牡丹是不是要用动物内脏之类的有机肥料?他们先是惊讶,后来都摇头说不可能的，一位友人说：

"动物的内脏腐烂了，会伤害花的根，他们这样告诉你，一定节省了过程。动物内脏跟树叶一样都会成为有机肥料，但需要经过处理的程序。"

另个朋友则说：

"在中国，牡丹是'国色'，所以才用这样昂贵的肥料；在捷克，牡丹只是一般的花，没有人会那么细心照料它的。"

因为没有刻意的照料，布拉格的牡丹才那么展现生命力地生长着；不缠足，不隆乳，理直气壮地活在天地之间。我期望中国的牡丹能够重新拾获这种遗失已久的生命力。

（选自尔雅出版社有限公司2003年出版《布拉格黄金》）

郁金香

白先勇在他脍炙人口的一篇名叫《永远的尹雪艳》小说中有如下的一段描写：

那天尹雪艳着实装饰了一番，穿着一袭月白短袖的织锦旗袍，襟上一排香妃色的大盘扣；脚上也是月白缎子的软底绣花鞋，鞋尖却点着两瓣肉色的海棠叶儿。为了讨喜气，尹雪艳破例的在右鬓簪上一朵酒杯大血红的郁金香，⋯⋯

尹雪艳平日一径是素色装扮的，这天跟"干爹"作寿，为了讨喜气，特别在一身白色衣服之外，在鬓角簪上朵红色的花。问题是尹雪艳为何簪上一朵郁金香？而且是"一朵酒杯大的血红的郁金香"呢？

我想到这个问题，完全是因为花的形状的缘故。郁金香如果完全展开来，是一种很大的花朵，平时看到的郁金香，是还未完全开放，花瓣的瓣沿还紧缩成一个小口的模样，像极了法国人喝白兰地时用的酒杯，这样一种硕大的花朵，无论是什么颜色，是不适宜或者说根本无法"簪"在发鬓上的。

提出反证的人会说，高更画的《大溪地妇女》，不是常在发际插着颜色鲜艳而又大朵的花吗？这一点就需要说明了。高更画的是热带岛屿妇女的装扮，不要说和一身白净旗袍的尹雪艳是不相称，就是和欧洲仕女的打扮也完全不相同，是不能够相提并论的；服装和打扮的奥妙很多，最大的秘诀在于谐调，除非故意装疯卖傻，在唐装外面打条领带是绝对不适宜的。

那么尹雪艳这时候最适宜"簪"一朵什么样的花呢？尹雪艳在寿宴上已经一身素净，自然不适合再在头上簪一球茉莉或晚香玉之类的白花，为了添喜气，她适合簪上一球或一朵红色系列的花，头上的花，需要高雅而且更须"簪"得上去，在这个条件的限制之下，可选择的种类就不太多了，红色的玫瑰或小朵的洋兰可能是比较好的选择。"血红"太狰狞，不如用比较柔和的洋红或粉红（白先勇用"血红的"这个形容词，是有文学上的象征作用的），好在在玫瑰和兰花中间，这类的颜色是相当普遍的。

我一直不太喜欢郁金香这种花，这跟不赞成小说中尹雪艳簪它是无关的。我不太喜欢郁金香的主要原因在这种花没有什么"姿态"可言，虽然以花的颜色来分，郁金香有几百个品种，但每朵都一个样地直立在那儿，跟一个模子倒出来的，没什么不同。郁金香很难"入画"，这是原因所在。西方19世纪以来的重要画家，我不记得任何一个人为郁金香画过画，塞尚有许多瓶花的写生，但似乎没有一朵郁金香，出身荷兰的梵谷，最喜欢画向日葵，他也画菊花，还有不知名的草花，以及大片大片起伏的麦田，竟然从来没画过被誉为荷兰国花的郁金香，算起来也是奇事一桩。

在荷兰阿姆斯特丹东南有一个名叫安塞美（Aalsmeer）的地方，是世界最大花卉市场的所在地，这里主要销售的便是郁金香。有一年我独自旅行到此处，算是见识到世界之大。这里有座极大的花卉仓库，说仓库并不合适，因为所有的鲜花都不能久藏，这里其实是个规模极大的拍卖场，成交的鲜花以郁金香为例，每天都在千万朵以上。我看些装在拖车里的郁金香，每车的颜色都不同，但同车的每朵花都是完全相同的，包括花茎的长度、花朵的大小，乃至叶片的数量都完全一个式样。解说员说，这是高度品管之下的产物。我当时想到这种品管式的生产，会不会运用到人类自己身上来？亚道斯·赫胥黎（Aldous Huxley）写的《美丽新世界》里面，已经作了类似的预言，在未来世界，人不再由母亲十月怀胎出生，而是由工厂整批地"制造"出来，想到这里，我背脊一阵凉意，我急忙走出那座拍卖场。

在往鹿特丹的路上，我搭乘的车经过一条十分平直的运河，这条运河的水几乎和地平一样地高，上面平静得没有一点波纹似的，真是波平如镜呢。由于附近有两三个硕大的风车，司机特别停下来让人拍照。我听同车的人说，这里是荷兰奥运划船队的训练场地，我被运河边夹杂在草丛中的一些野花所吸引，那些野花有好几种颜色，其中还有杂色的，譬如红中带黄、紫里带白等的，花瓣大大方方地舒展着。由于花托下的枝干细长而轻柔，所以花在微风中摇曳的幅度就大了许多，远远看去，像是有许多彩蝶在水面上飞舞，映着倒影，显得十分优雅。我起初怀疑是另一个品种的水仙，我听到同行的一个女的用英语问另一个女的：

"你看，那是什么花啊？"

"不知道，"另个女的回答，"确实很漂亮的，不是吗？"

  "那是——"一个显然是荷兰人的年轻男孩用生硬的英语告诉她们说,"那是一种野生的tulips。"

  Tulips!那是野生的郁金香呢!我恍然大悟,原来在水泽边上野生的郁金香是比水仙还飘逸的;人类的生物科技和质量管制,竟千篇一律地把它弄成我们熟知的那副模样。当时,我确实有些迷惘,我不知道,该用什么眼光来看这件事情。

  (选自尔雅出版社有限公司2007年出版《风从树林走过》)

状　元

　　台大大门前一条巷子口，每当黄昏放学时，有一对喑哑夫妇在小摊上贩卖糕点，那糕点是用蒸气蒸热着卖，冬日经过，暖甜扑鼻，往往引人驻足购买，是附近的一幅奇景。所鬻糕点，招牌写着"状元糕"，令人不禁失笑，民间食品，名称或真有来源，或附庸风雅，不知此糕是哪位状元吃过，或是经哪位状元品题，无论如何，都令人兴思古之幽情。

　　中国读书人，从唐朝之后，几乎没有不做过状元梦的。传统戏曲、小说都把状元描写得神龙活现，仿佛一登龙门，就能呼风唤雨，要怎么就怎么了！这不是没有道理，状元是全国最正式、最高等考试的第一名，光是这个位置就叫人遐想不断了。再加上状元不是年年有，会试、殿试每三年才举行一次，所以稀罕。宋朝之后，皇帝都会在皇宫赐宴新科进士，叫作"恩荣宴"或"闻喜宴"。由于状元是进士之首，就由他代表所有进士坐在皇帝对面的首席，只看如此场面，怎不令人钦羡？

如果把这"全国第一"看成学问最好的人，那就可能看错了。考上状元必须有一定的学问知识，那是当然，但古代科举（尤其明代之后），考题多出在"四书"之内，把"四书"读得烂熟，然后会写标准的文章（八股文），就有希望中试。策论与应制诗，也都有规矩可寻，所以从科举找真正的人才，不是绝对不可能，而是可能性甚低，状元只是考试顺手罢了，不见得也是学问中的魁首。

古代科举，举国若狂，朝野看重，要想作弊很难，然而要说绝对公平也不一定。殿试的榜单由读卷大臣草拟，交给皇帝钦定，照理说皇帝不是学问中人，这类事他大可不管，只要批"如拟"便完事。但偶有"大有为"的皇帝，偏要干预考政，有时非要调整几个名次，以显示他大权在握，这就麻烦了，譬如明成祖永乐二十二年甲辰科，黄榜（又称金榜，是公告新科进士的榜单）已写就，状元是孙曰恭，榜眼（第二名）是邢宽，成祖看到榜单突发奇想，说："孙暴不如刑宽！"就把一二名两人名次互调，这是皇帝看榜时，把"曰恭"两字看成暴虐无道的"暴"字，而邢宽因为"邢"

与"刑"音同形近，变成刑法宽宏了。一人丢掉状元，一人得了状元，纯粹是因为名字的缘故，跟学问与考试反而没有甚么关系。

还有一次因姓名而影响状元排名的是在清代光绪年间，当时是由慈禧听政。光绪三十年甲辰，读卷大臣将前十名的卷子交给慈禧看，排在第一名的是朱汝珍，慈禧因痛恨珍妃，面露不豫之色。排在第二的是商衍鎏，他是旗人，但当时驻防广东，慈禧讨厌广东人孙中山与康有为，就迁怒所有与广东有关的人，当然不肯把状元给商衍鎏。最后她看到排名第六的名叫刘春霖，心中一阵暗喜，其一刘是河北人，不是她讨厌的南方人，再加上北方正闹干旱，春霖两字令她高兴，遂把刘的卷子调到最前面，刘就成了中国科举史上最后的一位状元了。古人说："一财二命三风水"，个人能决定的事很少，科举状元，似乎也靠命运。

状元总给人憧憬遐想，小说里的状元似乎一定被招为驸马，然后平步青云，一路顺遂，其实古人早婚，状元即使年轻也多已婚，很少有成为驸马的机会。至于在官途上，也没有想象的好。甫得状元，就依例被授为翰林院修撰，翰林院是冷衙门，而修撰也不过正六品，在京城是个极低的位置，以后能否飞黄腾达，全看自己造化。王阳明的父亲王华，是明代成化年间的状元，官运一直不甚好，晚年虽授南京兵部尚书，但衙冷事少，完全是个闲差。张岱的曾祖张元汴是隆庆年间状元，但只做到翰林侍读，比王华还差多了。明代学者罗洪先、焦竑，学识渊博，著作等身，一个是嘉靖朝状元，一个是万历朝状元，但官都做到六品就致仕，以状元可能达到的位置看，他们的成就便十分不济了。

　　状元梦，都是绚烂又多彩的，而现实的状元，却不见得如此。如此说来，下次路过台大门口，还是用十元或二十元，买块状元糕吃吃比较实际！

　　　　　　（选自印刻文学生活杂志出版公司2007年出版《时光倒影》）

师生之间

东方人都十分重视师道，这点大概是受中国传统文化的影响。中国传统，是将老师放在与父亲相同的辈分位置上，所谓"一日为师，终身为父"，民间还有将教师放入神位，与"天地君亲"并列，可见教师之受尊重。但也因为如此，传统师生关系有时弄到十分严峻，这样也不是很好。

教师的目的在教导学生做人处事的道理，学生大了，则传授知识学问，即是韩文公说的："师者，所以传道授业解惑也。"无论作人处世乃至于研究学问，其中也许有"永恒的真理"，但也有牵涉认识、价值的部分，中间的理由并不是一成不变的，学生的认识与老师的也许不同，学生如果不知检束、"勇于表现"，冲突可能就产生了，因此韩文公又说："弟子不必不如师，师不必贤于弟子，闻道有先后，术业有专攻，如是而已。"昌黎先生早就为师生之间可能发生纠纷而预留了伏笔。

师生之间相得如时雨春风，当然是杏坛的佳话，师生之间如发生争执，有时各不相让，彼此交恶，这样的例子也不是没有，但历史往往奖善惩恶，对不好的例子报道较少。西方最有名的故事是古希腊哲人亚里斯多德公然与他老师柏拉图唱反调，人训之，亚里斯多德答以："吾爱吾师，但吾更爱真理。"历史反而将师生之间各执真理不放，当成美事一桩呢。

明代中叶有位有名的诗人，名叫李东阳（1447—1516），他是当时文坛领袖，有《怀麓堂集》传世。李东阳除了有名文坛，在官场也颇有权柄，大致上说，他为人持正，是个雍容大度的人，因为常主考政，门下弟子很多。不幸他晚年当政时正好是武宗上台，武宗是明朝有名的昏庸皇帝，即位不久政权就落到宦官刘瑾手中，加上内阁大学士焦芳助纣为虐，弄得政治一片涂炭。这时大臣刘健、谢迁等都辞职了，李东阳虽悒悒，却仍留在朝中，试图弥缝其间，有所补救。不过环境险恶，在别人眼中，李东阳只是委蛇避祸罢了。

这时李东阳有个学生名叫罗玘的写信给李东阳。罗玘

（1447—1519）虽是李的学生，但与李同年纪，他对老师的行为很不满，信中叫李东阳早日退职，语甚急切，李如不照办，罗不惜请削门生籍，师生关系，弄到如此难堪，历史确实罕见。焦竑（1541—1620）的《玉堂丛语》中载其事，曰：

> 正德（明武宗年号）时，李西涯（李东阳字）于刘瑾、张永之际，不可言节臣矣。士患其私，犹曲贷而与之，几无是非之心。罗公玘乃李之门人，引大义责之。书云："生违教下，屡更变故，虽常贡书，然不敢频频者，恐彼此不益也。今者天下皆知，忠亦竭矣，大事亦无所措手矣。《易》曰：不俟终日，此言非与？彼朝夕献谄以为常依依者，皆为其身谋也。不知乃公身集百垢，史册书之，万世传之，不知此辈亦能救之乎？白首老生，受恩居多，致有今日，然病亦死，此而不言，谁复言之？伏望痛割旧志，勇而从之，不然，请先削生门墙之籍，然后公言于众，大加诛伐，以彰叛恩之罪，生亦甘心焉。生蓄诚积直有日矣，临械不觉狂悖干冒之至。"李得书泪下。

古代师生关系大致来自考试。李东阳担任考试主考，罗玘考上，便终身称李为师，这层关系，古人称之为座师与门生的关系。虽不是"业师"（指亲自授业教书的老师），但师生情谊也十分融洽又严肃，不得造次。历史上欧阳修与王安石、苏轼的师生之谊，也是座师与门生的关系，并不妨碍彼此亲密。后来史可法与老师左光斗，也是同样的师生关系，史可法死守扬州，连月不寐，与将士轮番守夜，偶振衣裳，甲上冰霜迸落，或劝以少休，史答以："吾上恐负朝廷，下恐愧吾师也！"师生精神相契已到如此庄严神圣地步，确实令人钦服向往。

罗玘写信责备老师，以传统标准而言，有犯上的嫌疑，不为一般道德所容。但这件事，历史却多给予正面评价，其中之一是李东阳十分宽宏，得书后不但不生气，反而感动得落泪，足见他是有真性情的人。李之留任，有不得已的苦衷，也有积极的贡献，《明史》说："其潜移默夺，保全善类，天下阴受其庇。"可为明证。在这种前提之下，罗玘冒言犯上，不但没有羞辱到老师李东阳，反而成了师生之间的佳话了。

（选自印刻文学生活杂志出版公司2007年出版《时光倒影》）

在我们的时代

—

海明威早年有一本列为小说类的其实是自传性质的书，书名是《在我们的时代》（*In Our Time*），这本书的主角名叫尼克（Nick Adams），明眼人都知道就是海明威本人。书的第一篇名叫《印地安营》（*Indian Camp*），写的是十岁大的尼克一次跟随他做医师的父亲与叔父到印地安营出诊的故事。一个印地安妇人难产，他父亲赶去急救及接生，妇人在床上辗转反侧大声号呼，痛苦异常，而妇人的丈夫因腿伤躺在上铺。尼克的父亲没带止痛药，带来的手术工具也很简陋，手术时必须尼克协助，因此他得以目睹所有的过程。最后他们总算顺利地帮她产下了一个男婴，当他们向睡在上铺的妇人丈夫道贺时，发现那男人已不堪折磨，竟在床上自杀了。

尼克在十岁的那年就经历了一场真实的出生与死亡，两种都是痛苦万分，都是受尽折磨的。他在回家的独木舟上问他父亲："人死会很难吗？"他父亲说："那要看状况而定。"其实尼克的问题还包括了人活下来也会很难吗？如果问了，他父亲可能会说："那也要看状况而定。"

不只生死，其他的事，也得看状况而定，人的一生，好像并没有太多十拿九稳的事。我在高中之前，从来没想到自己会离开宜兰那个小地方，会到台北来"鬼混"了大半辈子。我后来在台大读了学位，最后还在那里任教，这些事完全出于我当时的"预料"。一次初中的同学在台北聚会，一个同学说以前谁也想不到谁后来会是什么样子。我们班上一个家世好、成绩好的孩子，当时大家都以为他会最有成就的，想不到他后来继承的一间杂货店，门面越来越小，后来弄到关门了，自己也落魄得不得了。他又举我的例子说，我初中留级的时候，没有人会想我以后会当教授的，另一个同学开玩笑说，就是因为他留级多读了一年书，后来才有机会做教授呀，这话引起一阵笑。他们说的，笑话层面的居多，但其中也包含了部分的真实。

生命中的许多意义，是要在很久之后才发现的。就以我初中留级的事来说，我后来能够从事学问，并不是我比别人多读了一年的书，那一年，我不但没有多读什么书，反而自怨自艾得厉害，其中还包含了一段自毁的经历，四周没有援手，幸好我平安渡过。

然而那次"沉沦"，使我第一次感受到人生某些极为幽微但属于底蕴性的真实。譬如什么是假象什么是事实、哪些是背叛哪些是友谊、何者为屈辱何者为光荣……那些表面上对比强烈而事实是纠葛不清的事物，都因这一阵混乱而重新形成了秩序。那秩序并不是黑白分明的，更不是像红灯止步绿灯通行的那么地当然，而是黑白红绿之间，多了许多中间色，有时中间色相混，又成了另个更中间的中间色。真理不见得越辩越明，而是越辩越多层，以前再简单不过的，后来变得复杂了，以前再明白不过的，后来变得晦暗了。

我与我的亲人、朋友、老师与同学，人挤人地住在同一个世界，但每个人都活在不同的层面里，彼此各行其是，关系并不密切，人必须短暂跳脱，才看得出你与别人以及你与世界的关系，这层关系也许不像一般人所说的那么是非判然、黑白分明。当我眼前不再是红绿的灯号的时候，那状况让我欲行又止、欲止又行，我觉得进退失据的困顿与荒谬，但齐克果说，荒谬是真实的另一种称呼。

　　我在"受伤"之后，得到了这个思想上的宝筏密笈，它告诉我要暂时跳开。我记得爱因斯坦说过："一条鱼对他终生游于其中的水会知道什么呢？"暂时跳开帮助我看出事情的真相，而真相不见得只有一个。不只如此，我在以后的人生，屡屡遭逢不同的挫折，每次挫折之后，都有另一种力量在心中兴起，这使我对挫折有了新的看法。挫折让我更为坚强，它让我在心灵上更博大地接受多元，在情操上则更同情处身在幽微角落的弱者。

　　心灵上更博大地接受多元，是防止自己过早建立主见的一个方式，主见多数排他，在学问上又叫作"门户之见"，做学问最忌先入为主。章实斋说："学问须有宗旨，但不可有门户。"就是指此而言。平心接纳多元，然后以逻辑辨其是非对错，有些是非是"躲藏"在很幽暗的角落，不仔细看是看不出来的，这是学者要做的事，这叫"发潜德之幽光"，观察是做学问的起码本事，我因受挫而提早拥有，这是我的幸运。至于在情操上更同情弱者，那是一个道德上的问题，也是一个审美上的问题。

　　我觉得幽微角落的弱者值得同情在于没有人同情他们，大家老是把注意的焦点放在几个媒体炒作的人物之上，就以最近流行音乐界死了个天王迈克·杰克逊，几万、几十万人哭成一团，他们不知道在世界各地，同样值得哀悯的死亡有多少？人在施展同情的时候也是图便利、图省事的。由于幽微角落的弱者永远置身在权力或利欲旋涡的边缘，他们知道任他们怎么努力，也无法争到更好的位置，因而决定放弃。一般的放弃是消极又悲观的，但他们的放弃却充满了自信，他们似乎找到了另一个生命的方向，这使得他们不论行止作息，都表现出自由与从容不迫。整体而言，他们的生命姿态因"自如"而呈现了一种特殊的美态，与矫揉造作的人比起来，高下立判。

所以在众人之间，引发我注意的常常不是大家公认的重要人士，部长、校长与诺贝尔奖得主我不太会注意他，反而是忙着帮他们拍照，挤进去以图照片中有自己的可怜人常引发我的某些想发笑的联想，而一些不愿意卷进闪光灯的旋涡、独立一旁后来默默走开的人才令我艳羡。杜诗中有"天寒翠袖薄，日暮倚修竹"的句子，那是杜诗里最美最动人的句子，寒气透骨而独立有神，那句子仿佛就是为他们而写的。

二

在我们的时代，信任与背离，荣耀与嘲讽同时而存在。我不知道我是否真的该感谢我后来在东吴所受的"教育"。对绝大多数的东吴同学而言，那种教育阻碍了他们的智慧，戕害了他们的心灵，是该严厉谴责的，我不讳言，当我在躲避毒箭的时候，我也曾试图报复，幸亏我不久就放下了，我没有被仇恨影响我的心志，否则我也随着堕落，就真的划不来了。对我而言，那场负面的教育，其结果不见得全是负面，它使我思考教育的本质，以及探索一些荒谬事物发生的原因，我后来从事教育一辈子，这种思考在我身上十分重要。

台大也没有想象中的好，台大的朋友都很优秀，但整体而言，却涣散得没什么精神，这也是台大一向的"传统"。我记得我读博士班的时候，被"分配"给裴普贤老师，做她麾下的一名"导生"。裴老师是台大中文系最早的教师之一，她说当她来台大做助教的时候，中文系第一届毕业生后来成为中文系名教授的叶庆炳先生还是学生呢。有一次她参加全球校友在台大旧体育馆举行的年会，会场高悬着"发扬台大精神"的标语，一位校友问："什么是台大精神呢？"老师与校友都陷入沉默，一位校友突发奇想地说："台大精神就是台大没有精神！"引起一阵叫好和大笑。后来裴老师说："我想了好几天，终于发现那位校友说得很对，台大的特色，就是没有任何精神。"

没有精神表示彻底的自由，所以没有精神也是精神。但暗地里其实不然，台大标榜的自由缺乏高贵的道德视野，所以不能算是自由，顶多只是各行其是的散漫罢了。有高贵道德视野的自由是把自由的境界放在别人甚至全体人类之上，所以不是自私的。真正的自由论者，并不放纵自己的自由，反而从外表看起来，似乎还更加的拘谨与自制。我在做学生的时候就听说我们学校台面下的争夺，一刻也没停止过，而争夺全是因为自私自利，权利核心固然，权利边缘亦复如此，只是台大的"纵深"够深，不注意看或是处身在边缘的话看不太出来而已。

不只如此，整个中国、整个台湾地区，台面上是一个样子，台面下又是一个样子，一层层的，像洋葱一样。整体而言，我们置身的是个虚假与真相并存的世界，一个道德崩溃、又有新的道德在试图重建的时代，反正乱成一团。失望的事很多，但也无须彻底绝望，总有一些事让你不经意发现，在那里，也藏着不少的可能，包括希望。

我们不妨先从希望的角度来看这个世界。我们处身的时代是一个科技进步、医学发达的时代，这两项史无前例的进展，使得全世界绝大多数的人受惠。不要说在远古洪荒的时代，就以一百多年到两百年之前的世界与今天比较，还是《孟子》上说的"乐岁终身苦，凶年不免于死亡"的时代。试想一个中等人口的家庭，其中"主中馈"的妇人一天忙在三餐及洗衣的时间要多少？才知道在我们的时代妇人幸福的程度，农人、工人亦复如此。从医学发达的角度而言，近五十年的进步尤其神速，我记得我在读小学的时候，周围有人得到盲肠炎就算得了绝症，送到医院没几个人出得来，现在切除盲肠早已是很小的手术了，另外有关呼吸、消化及血液的疾病都有很好的治疗进展，今天一百个成功进行了手术的心脏病患，送进三十年前的病房，九十个以上将无法痊愈，其他病症也一样，现代医学的进展，使人类达到有史以来最高的幸福。

三

从第二次世界大战后，接连发生韩战越战等规模比较大的国际性的战争，之后人类的政治观念逐渐变得比较成熟了，知道许多极终的问题不是战争所能解决的。人很多时候穷兵黩武并不在于他的勇气，而在于他的恐惧，较富的一方恐惧对方对他的妒忌，较贫一方恐惧对方对他的贪婪，当双方都受惠于现代科技而智慧大开、幸福大增之后，深藏在心的恐惧都减轻了。有自信的人对别人常会比较宽容，即使对敌人也是一样，这有利于降低战争的威胁。

最重要在提高人类的智慧，这是人类真正幸福的凭借。所谓智慧，是大多数的人会想到人类比较终极的问题，而不被眼前的纠葛事务所困。在提高智慧之前，人要增进知识，医学与科技是知识，能够运作的民主政治也是知识，科学的知识告诉我们处理生活所需与面对疾病的方法，民主政治的知识告诉我们人有很多相同的部分，因此可以谋求"共识"。当共识形成后，许多既有的政治"局势"是可以改变的，根本无须喊出"革命"的口号，动不动搬出杀人的武器。

所以在我们的时代，我们的世界正处于比以前空前"合理"的状态，这合理的状态也许空前但不可能绝后，世界还有许多不幸，也有许多委屈不平未获得伸张，但与长久的历史比较，人类目前所处的也是最幸福的时代。对一些不承认人类进步的人，你只要跟他们举例说，就在大约一百年之前，许多欧洲的贵族还深信奴隶或有色人种是下等人，他们受苦是理所当然，而在民权观念领先的美国，还有很多人相信非洲裔、亚裔、拉丁裔及妇女根本不配享有投票权，才知道近百年来进步的不只在科技，人类在灵魂上的开发也大有进展，这一点证明我们生活在现代的人类何其有幸。

有些知识力量是可以促成幸福，有些知识的力量会产生苦难，就像教育有正面负面之分。也许目前尚无法判断哪一种力量此后将更占优势，但二者我们都须了解，并试图去掌握它。这种工作不仅是知识上的，也是智慧上的。

台湾作为世界的一部分，世界的阴晴也自然左右了台湾的气候，台湾当然"承袭"了世界的整体幸福，譬如科技与民主，但也无可避免地受到"坏"世风的影响，包括强烈的通俗化与唯利是图。

有些是我们没有检择，不知道是没有能力或是没有心，外面的事一股脑地全接受过来，有些坏则是我们的本性，在易燃的空气之下，我们便让它一发不可收拾地燃烧甚至延烧下去，最后烧到自己也无法可想。

譬如自由与民主，其实包含了很高的道德意义，但台湾在实施了自由与民主之后，许多人用它来作为施展自私的理由，把所有的责任推给别人担，把所有的好处揽给自己受，而且言语粗鄙无礼，完全不会反躬自省，逐为世人所笑。除了伤及别人，别人对我们的堕落是无动于衷的。要救这种危机首先要自觉有这项危机，然后善谋对策，但要几千万人同时去做这种心理建设，本身就是困难重重，我想起孟子说过："无恒产而有恒心者，唯士为能。"解决这个问题似乎还是要仰赖知识分子，等知识分子自觉后，再自觉觉他才是办法。所以根本还是教育与文化的问题，不过我们社会长期不重视这两项东西，否则我们社会也不会变成这般模样了。

我是中文系出身的学生，后来也滥竽在大学中文任教，我特别感受到我们这一代以至我学生一代所受的文化冲击。我们这一代，感受尤深，下一代是冲击下的更人受害者，但他们都浑然不觉痛，所以反而不觉受伤。我们的痛苦，在于我们体会出真正的价值所在，但世界似乎硬是不朝我们认可的方向发展。

在我们的文化认识中，中华文化是占有相当重要的成分的，我们必须重估我们的传统，因为这个传统自五四之后就被我们自己人轻贬得一文不值，问题是我们不能抛弃我们身上的所有，以便把自己变成外国人，当中国人是我们共同的命运，这是无法逃避的，必须共同面对，一味地毁弃自己的文化，跟自杀没有什么两样。我们当学生的时候，大陆在闹"文革"，台湾在推行"文化复兴运动"，也研究起传统文化起来，好像也出了很多的书，但那些都是假象。有人说有假象总比没有假象要好，大陆那时正把不少中华文化的东西破坏掉，台湾能保存一点就保存一点吧，这叫作"不绝如缕"呀!

四

我想起亚里斯多德哲学中有所谓材料（matter）与形式（form）的讨论。文化是一种生活方式，是一种原则，一种价值的方向，从哲学的观点，文化必须贯穿在生活中，当它是生活的形式（方式）时，它才能称作文化。这有点像讨论道德时，主张道德不能只在"空言"上立论，必须躬行实践才能算是道德，这是王阳明"知行合一"学说的真精神之所在。王阳明说一个人被称为孝子，必定是因为他有许多令人称道的孝行，而不是他只懂得许多孝顺的道理。所以文化不仅是一种做学问的、在讨论会上讨论的材料。不幸的是我们的文化复兴在文化的形式上着眼很少，绝大多数做的其实是材料的工作。此后大陆"文革"结束，"四人帮"垮台，对传统文化不再讲"砸碎"和"彻底破除"了，但大陆对中华文化的态度，仍然是强烈的材料性质。所以整体上言，不论大陆与台湾，在文化价值上，华人仍处在一个虚无的世界之中。

我们所处的时代，幸福与不幸都有，对知识分子而言，不幸的成分似乎更多一些。牟宗三先生有次说："假定知识分子的生命能够很顺适调畅，在正常的发展中完成他自己，这必定是一个健全的时代，所谓太平盛世也。否则，知识分子的生命发展不调畅，自我分裂，横撑竖架，七支八解，这个时代一定是个乱世，不健康的时代。"我们文化人所处的时代，如牟先生说的，也确实是个乱世、一个不健康的时代。

　　什么是一个真正的文化人？尤其在我们的时代。他必须认真地选择自己的价值，选定后就朝着这个方向走，所谓"虽千万人，吾往矣"。少说话，最好是默默无言。这是我为什么艳羡那些善于独处的人，他们在另个世界找到了生命的中心，自信又从容地走自己的路。在我们的时代，世界有好的一面，也有很恶劣的一面，不能一概而论，很多事正如尼克父亲说的："要看状况而定。"天气时阴时晴，乍暖还凉，路是有的，但很崎岖，目标也很遥远，还是值得走下去。"天寒翠袖薄，日暮倚修竹。"让我们三复斯言。

　　　　　（选自印刻文学生活杂志出版公司2010年出版《记忆之塔》）

等 待

有一次和一个文艺团体结伴到屏东南仁湖旅行，由于南仁湖是生态保护区，不让车辆进入，所以从停车场进入检查哨之后全靠步行，全程大约四五公里，走路一个小时左右，就可以见到幽静中寓有大片生机的南仁湖了。

通路并不狭小，但有几处十分陡峭，只有四轮传动的登山吉普车或可通行，一般车辆是无法走的。沿路的植物并不特殊，也可以说并不美丽，都是台湾一般山区最容易见到的植物，包括相思树、野生杜鹃，还有叫不出名字的杂草蔓藤，既然是生态保护区，当然是保护这块土地上面原有的植物，让它们在没有人为破坏之下各凭生机地生长繁衍下去。所谓"美丽"其实是一个十分复杂而诡异的观念，美丽应该是从一般的素材中抽取成分，然后经过繁复而略带神秘的分析而形成的。但我们平常说的美丽，其实包含着相当炫奇的成分，国色天香不是人间容易见到我们才觉得美丽，这使得美丽成了一种惊艳，一种得不到的希冀。

南仁湖沿途所见是朴实而寻常的，所以对居住在同一块土地上的我们而言就不觉得美丽了，至少美丽是不含惊艳的成分的。这使我想起一次在美国的旅行，在维吉尼亚州的一个风景区，我遇见一对美籍的老夫妇，他们十分殷勤地向我们问好，问我们从哪儿来，我答以台湾，他们流露不解的表情，我告诉他们台湾在亚洲，在太平洋的西岸，老先生问：

"那么远来，看这些，值得吗？"

"这里风景很美呀！"我说。

他顿了一下，像是回答我疑问似的说：

"普通得很。"

"你觉得哪里更值得看？"我问。

老先生怔忡地陷入思考，他旁边的老夫人用缓缓的语调，轻声地说：

"我们梦想在我们有生之年，能够到神秘的东方亚洲一游。"她说完，深情地看她老伴一眼。

他们梦寐以求的地方，竟然是我们平常住的地方。远处的风景，不解的事物，因距离而产生了美感；台湾野地的相思树、丛生的芦苇芒草，还有水泽边的月桃、野姜花，对他们可能具有无与伦比的吸引力吧，那代表着丛林的幻想、热带的诱惑，但对我们而言，却普通得没有任何意义。

快到南仁湖的时候，路边突然开阔起来，山路不再陡峭，四周形成了一种平原的地形，阳光因为没有遮拦，变得和煦明亮了，空气中有一种令人振奋的味道，可能是花香，或者根本就是流畅的风的气味。我看见一个人在一块由道路延伸出去的平地上架着脚架，那块"平地"有点像海岬，平地的尽头是一片极细极绿的细草，仔细一看，那细草是浮在浅浅的水面上的，原来南仁湖已经在这里展开，只是因为细草的缘故，令人分辨不出。

那人架好了脚架，从箱子里取出了他的相机，妥善地将它固定住，然后又选择了一只望远镜头，我看他对准的，是大约二十公尺之外的一棵树，朋友在催促，我只有跟上队，向湖的中心点那边走去。

我们在湖边的高地停留了一个小时左右，天光水色没有什么太大的不同，有别于一般风景区的是湖的四周没有建筑，没有摊贩，宁静之中带着一种严肃的气氛，这种严肃的气氛有助于沉淀思绪，令人思考人与自然、人应如何安顿自己之类的问题。因为极为安静，所以可以听到许多平常听不到或者忽略掉的声音，包括风吹过丛林，细细的虫鸣，还有委婉而细琐的鸟语，鸟翅击打空气的轻响；风里传来女孩的轻笑，似乎就在身边，待你寻找，原来是隔着"小山"传过来的，两个女孩还在笑着，从拐弯的小路上现身，距离我站的位置，大约有一百米之远。

回程我们经过那位摄影者的时候，他依然在原处调整他的镜头，镜头对准的，依然是那棵树。他认出了我，对我笑笑，我问他照了几张了，他耸耸肩说一张都还没照；我走到他身边，看清楚了他的相机是一个老式的Nikon F，架在上面的是一只两百毫米的望远镜头。

"一个多钟头，一张都没照呀？"我说。

　　"这棵树太漂亮了，我早就想照它，"他说："但几次都失败了，原因是光线没有把握得恰好。"

　　他让我透过他相机的观景窗看那棵树，在望远镜头中，那棵树果然挺拔而优雅，望远镜头的景深浅，可以把焦距之外前后景物弄得不清楚，而使得焦距中物更为凸显，这在术语中叫作"特写"。

　　"你看到天上的那块乌云没有？"他问我，我点点头，他继续说：

　　"我在等待那块乌云移走，你看云的左边有一个空隙，假如正好的话，太阳就会从那个空隙露出来，因为那个空隙不大，所以太阳光会像一条光柱般的，当太阳光柱照到这棵树的时候，树叶上会闪耀一种十分特殊的光，而四周是黑暗的，只有这棵树是亮的。我在等待这样的机会，才要按下快门。"

　　"这样的机会是多大呢？"

　　"也许是百分之一或者千分之一吧，总是有机会的，但如果不等的话，那就没有机会了。"他说。

为了一张美丽的照片，他等待千分之一的机会，他的等待值得尊敬。直到我离开，他仍然没有按下快门。

（选自尔雅出版社有限公司2007年出版《风从树林走过》）

附 记

　　第三辑也选了八篇文章，大致上是概论的较多，写自己的生活较少，但即使是感言，也是由心里发出，也都可以引申来谈教育。

　　第一篇《大提琴家的左手》写一位大提琴家的故事，眼尖的读者可以看得出，所写的是俄国大提琴家罗斯楚波维奇（Mstislav Rostropovitch,1927—2007）。罗氏曾屡次来台表演，大部分是以大提琴家的身份，也有以指挥的身份，带领美国华盛顿国家交响乐团，还有以钢琴伴奏家的身份随他歌唱家夫人来台演出，每次来都盛况空前的。我几次有幸到音乐厅聆赏，还有一次参加了演奏后的招待会，与他面对面地寒暄过。

　　想不到这位世界级的乐坛大师，伸出的左手，竟然是粗糙得刺人。这是因为他的左手在大提琴的琴把与琴弦上紧按磨擦了一辈子，很多地方都长出厚茧来，文章中写道："那绝对是一只粗糙而丑陋的手，但美丽而神奇的音乐却由那里流出，像汩汩不断的清泉，可以拿来止渴，可以拿来明目清心，更可以拿来荡涤人的灵魂。啊，这样的音乐，原来来自一只已显然变形的手。"这篇文章的主题，是写一位演奏家的成功，来自于不断的苦练。

另一篇《长笛》的短文，写我在台大教书的时候，一次为躲雨到一家唱片行，唱片行的电视屏上正播着一张交响乐团影片，是由大指挥家托斯卡尼尼指挥纽约爱乐演出的实况，那次演出的曲目，我也不记得了。我看那张影片，被一位中年的长笛手的表情所吸引，他的表情其实是一无表情，三次被镜头扫到的时候，正巧或正不巧都是他没在吹奏的时候，这场面令我想起很多事。

这部影片主要介绍的对象是托斯卡尼尼，其他人包括整个乐团其实都是配角，尤其这位长笛手更是配角中的配角，因为出现的时候他都没事干。但对这位长笛手而言，他是为了做别人的配角而生的吗？当然不是，在他自己的人生，他无疑是第一男主角的。就不以个人而以社会的标准而言吧，他在音乐上一定已有相当的成就了，否则他无法担当纽约爱乐的长笛手的，但他在大师托斯卡尼尼指挥棒下，只能权且当一个小人物，这是很正常的。人生在世，有时当主角，有时当配角，看起来指挥大师高高在上，但一个乐团的大师，充其量只能指导乐团演出，并不能主导比音乐更"大"的事的。在音乐之外的世界，他其实无关痛痒的，充其量也只是个配角罢了。所以在这方面，无须斤斤计较，必须看开一点，因为计较无用。

　　下面两篇《中国的牡丹》《郁金香》写的都是花。《中国的牡丹》写我在布拉格看到牡丹所引出的感想，布拉格的牡丹是寻常花草，往往种在墙角篱边，没有很多人是会去顾惜它们的。在一个飘雪的天气，我在一个人家的小院中看到一丛淡紫色的牡丹花丛，只比平常所见的玫瑰稍大，但花色清浅，枝叶扶疏，极具姿态，这一点跟我在中国所看的牡丹很不相同。在中国的牡丹是"国色"，是"天香"，它载负了国人对富贵的无限渴望与想象，栽种它的人情不自禁地给了它过多的营养与关注，牡丹在中国，只是美丽又易碎的装饰品。我们要问，教育只是让人炫耀的装饰品呢？或是该跟我们的生活结合，化成我们具体生活不可或缺的一部分。

　　《郁金香》一文是写我一次在荷兰参观花卉市场，里面正在进行郁金香的拍卖会，我看到一货柜一货柜的各色郁金香，正准备运销到世界各国，都是一花三叶的同一模样，跟工厂生产出来的塑胶花没什么差别，以为此花之美，尽于此矣。但后来我经过一条运河，在河边看到几丛野生的郁金香，它们杂在一些水草之间，临风摇曳，花朵不是很大，只比鸢尾花稍大一些，但叶与茎都是修长的，所以是极具姿态的。与花市所见，天差地别，也跟我下雪天气在布拉格看到的牡丹一样，野生的花朵反而更为美丽。

这令我们想到教育上的问题。《孟子》里面有个故事，一个宋国农人一次跟人夸口说，今天我忙了一天，总算帮稻苗长高了，一问原来是他很费力地把田里的稻苗都各"拉"高了几寸，这是我们成语"揠苗助长"的来源，故事的结局是悲剧收场，田里的秧苗全都槁死了。这位农夫对他的稻作不见得没有爱心，但他的作为跟他的心意正好相反，孟子说是："助之长者，揠苗者也，非徒无益，而又害之。"教育其实一样，很多施教者都说自己事出于爱意，却没料到他的爱终于造成了祸害。还有，教育要是过于注意成效，而这功效又要容易看出，集体主义的思维就会兴起。集体主义最大的特色要求所有的人或作品都一式一样，军队是最好的例子，军中最重齐一，强调的有阳刚意味的集体美，军人是不鼓励发展个性的。如果以集体意识种花，种出来的就是中国画屏上的牡丹，就是荷兰花市里的郁金香，颜色有异，但花型姿态无不统一。人都该是不一样的，勉强求同，就扭曲人格了，教育的目的在于栽培各式各样的人才，而非为了便于装盒，烘焙出一片片一式一样的饼干。

《状元》与《师生之间》谈的是古代的事。提起状元，古时的人莫不心旌荡漾，宋元小说、明清戏曲，很多以状元为故事。在中国，如说民间有"状元神话"亦不为过，一直到今天，台湾的"联考"，大陆的"高考"，都习惯把每一类组的第一名称作状元，对他们投之以无比钦羡的眼光。

古时科举，状元是三年一次全国会考的第一名，所以故事里的状元，一登龙门，似乎就有呼风唤雨的能力。其实不然，我曾有机会把中国明清两朝的状元与其他进士平摆在一块来看，发现状元的遭遇都没有如世传的好。状元以正六品初授翰林院修撰，在一般人看似荣显，其实六品在朝廷只是个职位很低的入门小官，而翰林院也是个冷衙门，假如没能力，也不见得未来能混出什么名堂。王阳明的父亲王华，是成化年间的状元，王华之出名在于生了个有贡献的儿子王阳明，如没阳明，也在后来的历史上默默无闻的，跟其他默默无闻的历代状元没什么两样。说这些，主要是一时的荣显，不须过于在意。

《师生之间》则是举明代李东阳与罗玘为例说明师生应有的关系。中国传统将老师放在与"君父"并列的位置，当然视君如父是错的，但不是本文的主题，暂时不论。视老师为父亲，其实也不对，老师的地位端视他所传的道是否可敬，万一老师教授的是鸡鸣狗盗之"道"，则老师也无可敬之处，所以还是以唐朝的韩愈说得好，他说："生乎吾前，其闻道也，固先乎吾，吾从而师之；生乎吾后，其闻道也，亦先乎吾，吾从而师之。吾师道也，夫庸知其年之先后生于吾乎？是故无贵、无贱、无长、无少，道之所存，师之所存也。"因为"道之所存，师之所存"，所以师生的关系不在年龄、不在辈分上论，而在所传"道"的深浅，这个认识对做老师或做学生的人而言都是重要的。

罗玘认为老师李东阳做错了，便严厉指陈，因为他固守着"道"，李东阳见到学生冒犯他，不但不以为忤，还为之动容流涕，也因学生对道的坚持。《明史》称李东阳："其潜移默夺，保全善类，天下阴受其庇。"原来罗之不以为然者，在李而言其实有大不得已处。历史称颂的是李东阳之宽大能容，因为他知道学生之如此，是为了维护真理的缘故。因此师生之谊，应建立在对"道"的深契上。

下面要谈谈《在我们的时代》这篇文章。我曾写过一本书，书名是《记忆之塔》，这篇是该书的最后一篇，有点总结全书的意思。《记忆之塔》写的是我青年之后到台北求学、生活的一些遭遇。由于我大学毕业后即投身教育工作，从初中到高中，后来又到大学教书，直到今天以台大教授的身份退休，中间虽也做多一些其他的事，但要说我一生的最主要工作便是教育，其实并不为过。在这本书中，我对我处身的时代，有所描写，也有所评论，当然最被我关心的，还是教育这件事。

关心教育，一定会关心当人受挫时的处境与心情，从而思考该怎么办。在文中有一段：

我在"受伤"之后，得到了这个思想上的宝筏密笈，它告诉我要暂时跳开，我记得爱因斯坦说过："一条鱼对他终生游于其中的水会知道什么呢？"暂时跳开帮助我看出事情的真相，而真相不见得只有一个。不只如此，我在以后的人生，屡屡遭逢不同的挫折，每次挫折之后，都有另一种力量在心中兴起，这使我对挫折有了新的看法。挫折让我更为坚强，它让我在心灵上更博大地接受多元，在情操上则更同情处身在幽微角落的弱者。

不要瞧不起我们遭遇到的挫折，挫折让我们有更强大的生存力量。当莫名的阻碍在我们面前，不见得非要与它对撞，这样很危险的，暂时跳开是很好的办法，因为跳开可以让自己看得更清楚，这看得清楚包括看别人与自己。弄清自己很重要，很多挫折与苦难不是来自别人，而是来自于自己。

当然在人生，不只有面对挫折的问题，但我们用化繁为简的方式来看，人生不是顺境与逆境的不断延续吗？顺境很容易过，逆境总想逃避，教育的目的，在教一个人有面对逆境的能力。文中两次引了杜诗《佳人》中的句子："天寒翠袖薄，日暮倚修竹。"这两句诗，我特别喜欢。这两句描写一个穿着薄衫的女子倚靠着竹子旁，其实天寒与翠袖，日暮与修竹，每个都是象征，连诗的题目"佳人"也是象征，象征什么？象征一个不被世俗所染而坚持理想的人。人应在生活中锻炼理想，理想使人高贵，但徒有理想是不够的，有了理想，要让它实践，而且坚持永不放弃，这便是毅力。

由于是文选，不是很有系统，还有些重要的事，却没有机会论及，这是选文必然遭逢的问题。我认为孩子是上天赐给我们的宝贝，因为是宝贝，所以每个都有特性，不与人相同。从事教育的人，不论父母或教师首先要知道，父母动不动拿自己的孩子与别人比较是错的，老师拿"笨"孩子与聪明孩子比较也是不对的。看起来很笨孩子往往是没经开发的人才，绝不能抛弃，开发的责任在父母与教师身上。

不能看钻石值钱，就一窝蜂地要把孩子打磨成钻石，他成不了钻石，还能成就其他的。当每个人的成就都不一样，这世界才能真正的多彩。

我们虽然反复强调个性与创作的不同，但有一件是共同该有的，也必须要做到的，就是要教育我们的孩子分辨善恶，让他们知道对错之所在，当他们知道了善恶与对错之后，要鼓励他们坚持真理，一生都要做个正直的人，正直是所有人类文化的共有价值。

教育是给孩子工具，让他们可以用之创造未来，寻找梦想。要是失败了呢？要他知道失败也不该气馁，因为在人类历史上有很多"光辉"的失败的例子，有了那些失败，最后才能得到成功。而假如他们成功了，要教他们学习谦虚，也要会跟别人分享，不能分享的成果不是真正的成果。

抱着这个心胸，就一定成功有望。但我们对所谓成功与失败不要有太多世俗的想法，更不能过分地急功近利。中国有一句成语说，"十年树木，百年树人"，图一棵树的长大，得花十年以上的时间，而要一个人有所成，更须花百年以上的时间。怎么可能呀？人在世上很难活过百年的呀。中国人懂得教育一个人成功往往要花上好几代的功夫，简单说，教育不能追求速成。所以《等待》是本辑最后一篇文章。

《等待》是描写我多年前参访南台湾一个生态保护区南仁湖的经历。一位摄影家架好了他的照相机，打算为一棵独立的树拍特写照片。但自我进去到出来共一个多小时，他都静待在相机后面，没有任何举动。我问他，他说在等天上一块云能移过来，希望日光从云隙露出，要是照在这棵树上，就必可成为摄影的杰作了。我跟他的对话是：

"这样的机会是多大呢？"

"也许是百分之一或者千分之一吧，总是有机会的，但如果不等的话，那就没有机会了。"他说。

为了一张美丽的照片，他等待千分之一的机会，他的等待值得尊敬。直到我离开，他仍然没有按下快门。

摄影与教育是两件事，不见得完全一样。但我总觉得，我们对教育的期待有时真该放缓放宽一些才好。教育孩子要有耐心，不要太期许有立即的回报。但我们真正用了心，结果也不见得都是以落空作收的，有些好消息，往往在耐心的等待之后到来。